第十一號羅蜜歐

小野

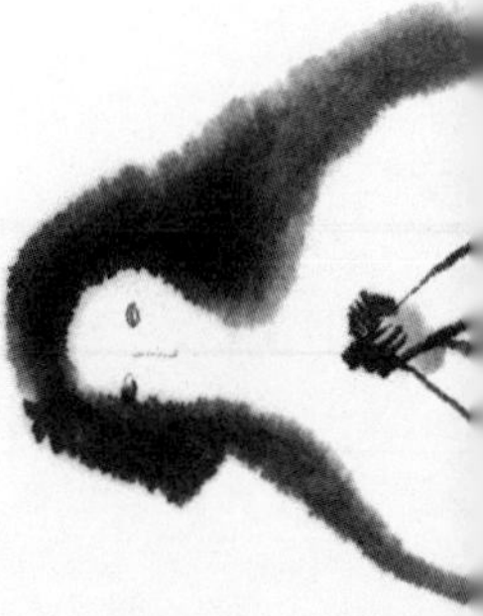

有人這樣說：一個女子，一生之中，假如擁有超過十名以上的男伴，那麼，私生活算是不正經。

對雷聲來說，已經來不及了。

她推開那座精緻辦公室大門，秘書已經站立，「雷小姐準時，司姐已在等你。」

內裏房間走出一個打扮整齊時髦中年女士，張開雙臂，一臉笑，「聲，許久不見，什麼風吹來，仍然如此漂亮。」

兩人輕擁一下。

「進來坐。」

小小私人辦公室換上新家具，只有一張桃紅色圓形絲絨腳踏，洩露主人一絲身份。

司姐輕輕說：「有什麼事儘管講。」

這時秘書捧進茶點，格雷伯爵檸檬茶，她還記得。

雷聲呷一口茶。

司姐耐心等她開口。

終於雷聲輕說：「我等錢用。」

司姐鬆口氣，「誰不是呢。」

「我急需——美金。」

司姐一怔，「這麼多，恕我問一句：幹什麼用？」

「為期十八個月管理科碩士學費及生活費。」

見多識廣的司姐竟也睜大雙眼，「讀什麼，煉金術!?這不是作弄人嗎，怎麼會有如此高昂學費。」

「司姐，時勢不一樣。」

「本不應問你要款項何用，但你在我心目中一直有着不一樣地位。」

「司姐錯愛。」

「你已擁有學士文憑，再讀下去也不過是大學程度，如此瘋狂追求學歷，是否一種病態。」

「比盲目追求真愛要安全。」

「雷聲。」

雷聲答：「今時今日，只一個學士不敷應用，同從前中學文憑差無幾，需精益求精。」

「無窮無盡，到何時才休，生活得進入另一階段，應當積蓄，準備將來安家生活。你今年幾歲，廿五可是，雷小姐，有對象沒有？」

「我不打算結婚。」

司姐站立，「雷小姐，在五月花工作，消息傳開，你名譽遲早受損，這點你可想過。」

「司姐，你有完沒完。」

司姐不再出聲，打開抽屜，取出支票簿，分開三張支票，寫下雷聲所需，放進一隻信封，遞給她，「等公司電話。」

「明白。」

雷聲站起告辭。

司姐說：「還是那麼漂亮。」

雷聲微笑，離開辦公室。

候客室有一艷女正在等候，看到雷聲，不禁一愕，這白襯衫粗布褲女子也來應徵，怕是勁敵。

還沒看清楚那張雪白的臉，女子已經離去。

雷聲先往銀行存款。

然後回到公寓，辦入學登記手續。

司姐說她瘋狂追求學歷……

這個症候，從什麼時候開始。

真要說到從前。

那是雷聲第一個男朋友。

那年她十七歲，世上很少有不好看的十七歲，少女在暑假又特別漂亮，夏衫薄，鬢腳總有點濡濕，別有風情。

與同學聚會，忽然多出張陌生面孔。

他不是特別英俊，談吐也不見得十分出色，比她略大幾歲，從美國東部回來探親，暑假，滿街是這種學生。

但是他穿着一件特別牛仔布夾克，背脊上大字繡着「馬利蘭大學」，兩袖釘滿歐洲各國國徽，七彩悦目，吸引到雷聲目光。

有一個同學問他：「那些國度，你都去過？」

他微微笑：「每寸踏遍。」

啊，他有點驕傲。

雷聲不但沒有反感，反而心嚮往之。

她也要一件那樣夾克，縫滿全世界國徽，連睡覺都穿着它。

她知道家中沒有能力。

那只能靠自身。

她查探獎學金來源。

雷聲的功課不是不好，但卻還不夠好，最接近成功一次，她往一間圖書館應考，一小時寫一篇英語作文，獲得面試機會，可是，被另外一個考生取得，雷聲失敗。

她用補習得來零錢，當報名費投考歐美大學，一看章程，已被嚇壞。

她喃喃說：當掉全家也不夠，不用想了。

啊，對，那個男生，得到她的電話，約她看電影，她忙不迭打扮出去，坐在公園長櫈閒談。

「暑假過後，要回去的吧。」

「是，家人都在那邊，我得開始找工作自立。你呢，可打算到外國升學。」

雷聲遲疑，「正在考慮。」

「城市裏很少見到你那麼清麗無妝的女孩。」

雷聲微笑。

他算是規矩，只在過馬路時牽她的手。

在那個暑期，他們幾乎隔天見面。

雷聲不比一個孩子大很多，對方說些新奇的事，她會睜大雙眼，全神貫注聆聽。

今日想來，當然愚昧，她也不怪自己，少女就是少女。

像一切年輕人的感情，他倆發展得很快，約會結束，擁抱一下，雷聲覺得溫暖，隔一會才放手，她對他的意思，他當然明白。

他叫什麼名字？他姓魏，五官長得如何？雷聲此刻想起，仍然覺得普通而模糊，也許，她愛上的，不過是那件七彩的夾克。

他回家的日子近了。

少女心急。

她知道有活生生例子：一個家境寬裕青年暑假回來，到政府移民局辦一些事，偶遇一個女文員，就那樣，沒多久，他把她帶返美國結婚，讓她重新讀書。

為什麼都嚮往美國，現在，雷聲會說：「難道選冰島不成」，那是一種風氣，一傳十，十傳百，像一種流行名牌手袋，沒有它，女人不像女人，同學、親戚，全出去了，苦樂自知，剩下的錯過熱鬧，最最不堪。

少女以為時機也差不多，她這樣要求：「帶我一起。」

魏君一怔，這樣答：「這，對我來說，不公平。」

雷聲本來不笨，一聽這幾個字，如頭頂澆落冷水，頓時清醒。

她若無其事道別，回家。

以為可以立即忘記這個人，但是不行，她躲床角哭泣，整整一個月。

一日，表姐來訪，「怎麼了，情緒這件事，你若任讓它低落，它會控制你到萬劫不復，十多歲的人，前途似錦，轉一個彎，柳暗花明，不如先在本市升讀，過幾年，又是另外一個世界。」

「我沒什麼。」

「一件衣裳日夜穿着不換，走近聞到臭味，上學站公車站，幾輛車子經過你發呆都不上，鄰居看到，告訴你媽。」

表姐算是善心人。

「先妥善應付最後一次中學試，接着——」

雷聲目光已不聚焦。

表姐吁一口氣，告辭。

接着一年，雷聲早出晚歸，一放學便替學生補習，她相貌娟秀，舉止斯文，甚受家長歡迎。

三四年後，等到同學們學成歸來，她還呆在本市，不過也考得本地學堂文憑，到一間補習社任職，照片放大登報上：「美女教師專攻英語」。

其間，她又結識了二號三號男友，但，他們不值一提，很快忘記，一搭影子不留。

同事說：「漂亮女子多數涼薄。」

雷聲不說話。

「不是說你。」

「我知，我並不漂亮。」

「小劉三杯啤酒後說起你，仍然充滿懷念。」

雷聲專注改課本。

「其實，有個人在身邊管接管送，擔擔抬抬，請吃請喝，也不錯呀。」

她無心聊天，母親生病，終於送到醫院，她有許多事必須料理。

父親同她說：「幸好你已出身。」

但仍然住家裏，沒人請客時陪他們吃一菜一湯。

「醫生說用標靶新藥醫治比較有效。」

雷聲把銀行存摺交到父親手上。

父親打開一看數目，不置信，「這麼一點點。」

「全部在這裏。」

「這種關節你不可藏私，救你媽要緊。」

「並無隱瞞，全部在此。」

「嗨！」他嘆口氣，出門上班。

父親算是半個文化人，在一間出名多錯字的報館任校對，轉電腦打字之際，由女兒教會他，雷先生逃過幾次裁員風波，大抵因上頭根本不覺此人存在。

——「千萬不要做同報館有關工作」，做一行怨一行。

積蓄全部奉獻出去，雷聲心安理得，那樣十元八塊節省，實在不是辦法，四年下來，只那麼一點點，她已廿歲出頭，再不努力，後果堪虞，只怕連本市都難以立足。

母親病勢暫告緩和，回家休養，身子虛弱，需要人服侍，一星期之後，雷聲決定搬出住，她替母親僱一名外傭，放下一點現款，「我會回來照應」，她說。

母親已無力拿出做母親樣子，只得沉默，父親？最近與一班文藝中年討論「為何本市文學作品總與大獎無緣」，他一時不會發覺女兒已經離家。

母親握緊女兒的手，「你要當心。」

「我省得。」

雷聲有點運氣，她租到小單位一間房間，另一房住着跨境中學生，她單身母是房東，租金特廉，因為想雷聲代為照顧十五歲女兒。

那孩子很乖，知道身負重任，英語課有追不上之處，時時請教，雷聲並不吝嗇，房東太太每週來探訪一次，對雷聲感謝不盡，房租對折，不論環境出身，她盼望孩子出人頭地。

一日，孩子閱覽網址，雷聲無意看到幾個字：「女朋友般感覺。」

雷聲那晚其實已經很累，但也忍不住好奇。

「看什麼。」

這時房東太太與一年輕男子踏進門，帶着熟食，邀請雷聲一起。

雷聲婉拒，「我吃過了。」

她那男伴，一見到雷聲，目不轉睛。

那晚，小孩睡到客廳沙發。

雷聲想，嗯，要搬家了，才住了一季。

第二早，那年輕男子穿着內衣短褲在屋內走來走去，連孩子都覺尷尬。

雷聲連忙出門上班。

那男子跟在身後，「還沒吃早餐，一起吧。」

雷聲急步擺脱。

他在身後說：「我叫阿尊，剛從舊金山回來。」

雷聲加急步伐。

「今晚見。」

太早到補習社，只得一個教中史老師比她先在，見她坐下，連忙走近，站在身後，雷聲可覺察到他的呼吸，他把雙臂放在她肩上，頭探得很近，在她耳邊說：「這麼早。」

當然，雷聲自己也能應付，可是這時她好同事回來，「施老師，你也早呀」，半杯熱咖啡淋往他褲腳。

他咒罵着走開，與別人兜搭。

雷聲在網上尋找，「女朋友一樣感覺。」

原來那是五月花導遊社的廣告。

今日，還有這種導遊社嗎。

雷聲不禁微笑，豆樣大小都市，一個下午可以遊遍所有名勝區，還需要什麼人領導，都在掛羊頭賣狗肉吧。

她讀小字：完全像你投契女友一般自然、嬌俏，一時善解人意，一時與你抬槓，必使你的旅遊愉快、難忘，就像與愛人出遊一般，詳情請電——

每次（四小時）費用一萬元起。

唷，不可以說不貴。

真沒想到「女友般感覺」如此矜貴。

女同事問：「在看什麼，如此入神，莫非想跳槽。」

那個晚上，下班，她獨自走下斜坡，背後有腳步聲。

她轉身，是另外一個男同事。

他搭訕問：「不打算投訴？」

「投訴什麼？」

「老張天天在你身邊探頭探腦騷擾。」

雷聲心想，你何嘗不是，你們倆，都是已婚男子，而且，老妻看得甚緊，家裏連外傭都不敢用，可見都有猥瑣前科。

「有時間喝杯咖啡嗎？」

都九點了。

「改天吧，再見。」

回到小公寓，只見門口放着她的一件行李，房東太太鐵青着臉，「賠你一月租金，請即搬走，此處留不得你。」

雷聲一怔，這是什麼事，昨天還甜蜜蜜。

「你勾引我男朋友！」

原來如此。

「走，快走，否則我請你吃耳光。」

雷聲立刻取過行李轉頭就走，終於忍不住轉頭，「小心照顧你女兒。」

走到街上，鬆口氣，想一想，回娘家去。

真不爭氣，時機未成熟，羽翼未豐，便離家出走，此刻，遇到挫折，又閃閃縮縮回去，連她都看小自己。

沒想到家裏熱鬧，六七個中年人在狹小客廳大呼小叫不知討論什麼，他們剛吃完飯，女傭正收拾啤酒罐，雷老叫她斟茶，她忙得團團轉，看到雷聲，不知多高興。

那班年紀大約四十到五十的文藝中年，看到雷聲，驚艷，不約而同停聲，收斂，呆呆看着她。

女傭說：「雷小姐，太太在房間。」

雷聲進房，母親精神略佳，見到女兒，問長問短。

女傭說：「雷小姐，我有話講。」

「什麼事，做的不高興嗎？」

「太太對我客氣，但——」

「先生有何不妥，直言無妨。」

「你看到外邊那堆人吧，每晚七時左右，便會自動出現，蹭飯，先生吩咐，一定要有菜有肉有湯，一星期五晚他們都又吃又喝，九時許尚不願離去，吵着太太休息，雷小姐，我實在來不及做那麼多工夫，況且，買菜錢也不夠，太太填出好幾次，家裏欠電費呢，我不想做了。」

雷聲緩緩站起，深呼吸一下，「不怕，包我身上，我會擺平。」

她走到外邊，雷先生剛要出去當夜更：「今日散會，明日再談，我先與賤荊說幾句。」

他進房，客人看着雷聲，彷彿希望有更多啤酒，會議繼續。

雷聲這樣說：「各位，這是一個有病人需要休息的家庭，並非會所，各位天天來白吃白喝，我家實在負擔不起。」

「雷小姐……是雷總邀請我們……」

「他不是什麼總，他只是一名校對，你們要體諒他，以後，這個會議廳解散，你們請往別處研究，討論本市文學發展史。」雷聲一直沒提高聲音。

「哎唷，如此無禮刻薄」，「雷總怎麼會有如此粗魯女兒」，「樣子好看，是隻爛蘋果」，「走，快走」，一哄而散。

最高興的是女傭。

雷先生與妻子講完話，出門上班。

母親叫住她。

雷聲剛想說她今晚留下過夜，不料母親先發制人。

「今晚你臉色有異，你父看出你必定出事，他說，無論你有什麼要求，如果我可以幫到你，那是我的事，若幫不到，即叫你走，他不會插手，毋須叫他，雷聲，你有事？我受不得驚嚇，我嘴裏像含鐵皮一般，說不出話。」

雷聲怔住。

隔一會，她說：「不，我沒有事。」她自手袋取出一疊鈔票給母親，「如果他回來同你吵，請說：這是未來三個月的房租，這也是你的家。」

「吵，吵什麼？雷聲，你可是懷孕？」

雷聲站立，「沒這種事，你不要瞎擔心。」

雷太太忽然正經起來：「雷聲，我不喜有人叫我婆婆，無端把我叫老。」

雷聲忽然語結，「我走了，改日再來看你，好好休養。」

走到街上，她在網頁找到青年會空房，立刻叫車子前往。

放下行李，她淋一個浴，躺床上。

嗯，什麼話都說清楚，真好。

明天，還要上班。

一轉身，她睡着。

第二天，補習社同事們拿到薪水，雖是常事，也有點興奮，「錢真好」，「月底，銀行存摺只剩三五百，百廢待興」，「我只餘兩百。」

有工作的好處是，有一班同事相伴，你處境不妙？有人更壞。

雷聲微笑。

「我看中一件青蓮色大衣，漂亮之極」，「這一期，又是雷聲的收入最高吧，多少」，都圍攏。

怎麼都像孩子一樣，收入較高，還不是捉襟見肘。

雷父電話找她，大興問罪之師，聲音大得別人都聽見：「那是我的家，你管我招呼什麼客人，那麼孝順，有本事帶你母出去享福，枉我把你養得這麼大。」

雷聲輕輕放下電話，他說得對，嫌別人做得不好，應自己動手大顯神威，淨扮聯合國光說不做，一味批評，不是道理。

雷聲想立即把母親與女傭救出，但，也住青年會嗎，自身難保的人可以鬧意氣嗎。

她用手托頭。

「雷聲，替我查一查這個，咦，你氣色不好，像失戀一般。」

雷聲答：「是，這世界不愛我。」

「嗄，你還這樣說？沒良心，你看你，生來就比我們多若干財富：身高多三吋，胸圍多五吋，臀圍……還需數下去？」

上課鈴響，她那一班，學生多，座位不夠，有幾個要坐地，雷聲怕影響消防條例，校長過來一看，笑逐顏開，「不怕，我負責。」

晚上，她又找到五月花網頁。

城市裏每一宗交易，大至幾十億股市，小至一客冰淇淋，均因供求關係得以生存，沒有求，就不會有供應。

她向網頁詢問：「可聘請導遊。」

答覆：「本星期六下午三時請親到下址——面試。」

雷聲找母親。

雷太太大聲說：「傭人已被趕走，客人也不再來，你滿意了，還有，你郵寄支票給我即可，以後不必親身出現。」

大家都在氣頭上，沒好話說。

到了約會時間，雷聲找上五月花。

它在一間體面商廈十一樓A座，木門上寫行書「五月花」，她推門入內。

秘書自電腦前抬頭，與雷聲照臉，怔住，心中喝聲彩，終於見到美女，她站起迎客，「雷小姐，請坐，可否先填一張表格，同時，把身份證明文件予我影印。」

雷聲微微笑着頷首。

能應付那樣父母，就可以招呼社會。

秘書躊躇一下，走進私人辦公室。

「司姐，你出來看一看。」

那個叫司姐的主持抬頭，訝異，什麼事。

她輕輕隨秘書走出，一見雷聲，心中啊一聲。

年輕女子抬頭微笑，那司姐一看便知端倪，不止十七八歲，比少女穩重懂事，穿普通白襯衫卡其褲，但美好身段不是樸素寬身衣衫可以阻擋，司姐找這樣伴遊職員多年，只有兩個甜美略可與她相比，但如果這位雷小姐有九十分，她們只有七十餘分。

常。

秘書為她倆介紹，司姐接過履歷表。

司姐看罷納罕，這雷小姐已有高薪職業，但，想賺點外快也是人情之

司姐這樣說：「什麼時候上班方便？」

「這是我的上課表，一三五九時下班，二四六整個上午有空，星期天休息。」

司姐微笑，很爽快。

還有，「實不相瞞，我此刻住青年會，日租頗貴，想預支薪酬，租小單位。」

司姐看她一眼，像是想說：五月花沒有這個規矩。但隨即改變心意，叫秘書：「把太極閣鎖匙交雷小姐。」

鎖匙交到她手，「你去看看可滿意，小是小一點，不過設備齊全，獨門獨戶，房租在薪酬中扣。」分明是要留住這個員工。

「謝謝。」

「還有，雷聲這名字是好，但有些嚇人，在五月花，你叫明明吧。」

明明，也是好名字。

司姐說：「開口說幾句話，聽聽你腔調可悅耳。」

雷聲站起，輕輕握住雙手，學某種女子嗲膩語氣，「大家好，我是明明。」

司姐與秘書都笑出聲。

「明明，客人有什麼特別額外要求，你自己作主，小費，全部屬於你一人，這是五月花行程表，你簽個字。」

雷聲伸手接過，看一下，不外是吃廣東點心茶，往山頂看風景……收費竟如此高昂。

「請注意『女朋友般感覺』。」

雷聲想一想，明白。

「恕我多話，忠告：都會地窄人多，保不定會碰見熟人，隨即傳言多多，你要有心理準備。」

「也明白。」

「那麼，聽差辦事吧。」

雷聲離去。

過一會司姐才與秘書說：「一朵花似。」

「認為有三分顏色者請來看。」

雷聲找到小公寓，不禁莞爾，從前，是一條賣鹹魚江瑤柱店舖街道，今日，已建成高廈，也稱半山，她開門進去，發覺單位約兩百多平方呎，一個統間，沒有間隔，但窗戶很大，竟然看得見海！

看樣子五月花要留住她。

她也不好辜負司姐。

雖不是自己的家，但此處比較牢靠。

如果不想繼續做人球，應當爭氣。

第二天她接到第一份工作。

「呃，」秘書吞吐，「九時請到文英咖啡座等兩位客人。」

兩位，雷聲一怔。

「她們叫安娜與邦妮。」

女客，有點蹺蹊。

「司姐說，隨機應變。」

雷聲答：「明白。」

她從補習社直接到咖啡館，並沒時間換衣服，只抹一點口紅，一進去，近門男客已經紛紛轉頭目不轉睛，有兩個女子向她招手。

雷聲吸口氣，微笑走近。

兩個女子長得嫵媚，正是一般男子喜歡的容貌，有點年紀，但風韻猶存，她問：「是雷小姐嗎？」

「請叫我明明。」

「長得真漂亮。」

「不敢當。」

「明明，替你叫了三文治，因為我們想即刻出發。」

去何處？

雷聲肚餓，吃飽再說。

「我是安娜，她是邦妮，我倆是好友。明明，實話實話，我們真需要導遊，邦妮與我同齡，活到中年，孩子成年，長居外國，丈夫生意做上，晚晚在外吃喝應酬，不到半夜不回，我們深閨寂寞，也不能天天戙起腳搓牌，忽然想到，本市夜晚如此熱鬧，有什麼理由要關在家裏長嗟短嘆，請雷小姐明明你帶我們尋歡作樂。」

嗄？

「明明，請領我們跳酒吧，今晚起碼走三間，真想觀光，去那種醉翁之意不在酒之處。」

雷聲一味啜冰淇淋蘇打一邊「嗯嗯。」

她放下心，原來如此。

邦妮忽然說：「明明，你每餐都吃那麼多，怎麼不胖。」

安娜說：「我知道有條木蘭街，酒吧林立。」

雷聲說：「隨時出發。」

安娜像少女般緊張雀躍。

其實，雷聲也是第一次。

她帶隊在酒吧門外張望，已有男子向她們微笑，有些還映眼，招手，頗為熱鬧。

探過幾間，雷聲選一家客人比較少，有些燈光之處，帶兩位夫人入內，安娜要坐高櫈，露出雪白大腿，三杯下肚，四十歲大腿與二十歲無甚分別，她倆笑得眼睛彎彎，「喝什麼」，「當然是香檳」，「真是，幸虧明明帶路。」

邦妮看着別的單身女有男子搭訕，有點羨慕，用眼神向雷聲示意。

連英俊酒保都微微笑。

安娜輕聲問：「聽說有表演節目。」

雷聲問酒保：「你有好介紹嗎？」

「要看哪一種？」

「全男班跳舞。」

安娜鼓掌。

「樓上即有，門券每張——元。」

「有折扣否？」

邦妮搶答：「不貴不貴。」急急付款，另加小費。

「安全否？」

酒保笑：「舞者才怕觀眾不斯文。」

雷聲點點頭。

「電梯按六字，女賓左轉。」

酒保微笑，「保證好位置。」

到達六樓門口，兩位太太吸氣，忽然鎮定老練，「不可讓明明笑我們。」

雷聲啼笑皆非。

那一晚表演相當精彩，足足三十分鐘，值回票價，舞男皮膚噴黑上油，像臘鴨，直拋媚眼，小廳內約廿多名女觀眾，紛紛尖叫吹口哨。其實，不過為熱鬧起哄，但雷聲兩個客人卻目瞪口呆，舞男把特製褲扯脫，雷聲別轉臉，多年前，街角如有變態者向小女生暴露，警察會抓他，如今，竟花錢看這個，雷聲苦笑。

鼓掌、喝彩，侍應前來詢問可要私人表演。

雷聲立刻說：「適可而止。」

難得兩位客人也點頭稱是。

她倆臉紅紅，腳步浮浮。

雷聲看時間。

「明明，領我們吃夜宵，我們補足費用。」

「不用，打算吃什麼。」

「雲吞麵。」

深夜，小店擠爆，她們三人坐門口。

道地雲吞麵鮮甜可口叫食客銷魂。

「明明，年紀輕輕的你路數真多。」

「今夜真開心。」

終於有人搭訕，「三位姐姐，請你們喝啤酒。」

邦妮不但不怕，咧嘴笑。

那年輕人往日吊膀子，不過想女子嬌叱幾句，誰知遇到傻傻笑臉，他先害怕，閃開。

「該回家啦。」

「明明，幾時再帶我們出來。」

雷聲忽然哈哈大笑。

一直笑到家中，流下眼淚。

又一次證明，女子，無論作出何種選擇，都是錯誤。

第二早，起來檢查，原來兩位女客給她極豐富小費。

五月花秘書來電，「做得很好，客人很滿意，聽說你們去看舞蹈表演。」

雷聲乾笑。

「你也長了見聞可是。」

「是，是。」

雷聲五月花生涯，從此開始。

人客已經篩選，但仍然是導遊所帶客人，也許真面目一旦露出，都一樣。

有一個中年人，微禿，臉容最特別之處，是下巴伸出，凸得比鼻子還高，活脫一隻鞋抽，說話、吞食，都略有困難，其實可以讓矯型醫生治妥，但他任其自然。

還有，他精神緊張，整個人一直微微顫動，一雙手尤其抖得厲害，堅持握手，手心全是膩嗒嗒汗，摸到叫雷聲毛管豎起。

雷聲使出招數：「王先生你好，我是明明。」

兜下巴先生一個下午說話很多，訴盡心中情，幾乎聲淚俱下。

他喪妻不久，沒有孩子，在五月花照片簿中看到雷聲，覺得像他亡妻年輕時學生照……

雷聲坐他身邊，一邊吃一邊聽，偶爾向他笑一笑，隔一會回應：「啊，這樣」、「怪不得」、「多麼有趣」、「真是奇事」、「有趣極了」，放諸天下而皆準，他卻覺得如逢知己，十分高興，面孔越趨越近。

這間茶廳有小舞池，樂隊奏慢歌，舊瓶新酒，反而吸引許多懷舊派年輕男女。

雷聲建議跳隻舞。

王先生把她摟緊緊，隔着衣衫，雷聲都似覺得他濡濕手心。

他很陶醉，雷聲代他高興。

從前，跳舞廳有伴舞小姐，舞客在門外買票，好像一塊錢一隻舞，一百年前的事了，物價飛漲。

王先生幾乎把頭擱雷聲肩上。

有一個年輕男子過來拍王先生肩膀，「借舞。」

王先生忽然動氣，「走開，我的舞，我的伴。」

雷聲連忙把他拉走。

「我不怕打一架。」

「我不想你不愉快。」

「明明，你很體貼，可以再見面否。」他吻她的手。

「你與五月花聯絡吧。」

「除去中間人，價錢可便宜一些。」

「不可違規。」

「明明，你像一顆我少年時最愛吃的花街太妃糖，看着你的臉，即叫我甜蜜。」

雷聲一怔，手臂上全是雞皮疙瘩，但忍不住微笑，「謝謝你讚美。」

「你有男朋友嗎？」

「從前有。」

「為何分手？」

雷聲忽然口吐真言：「他去美國，沒帶上我。」

「嘿，」王先生說：「我可以與你美國遊，不過，你去為何？去得到，還何必找他，通美國都是美國人。」

雷聲如醍醐灌頂，真沒想到，多年糾纏心結，被王先生一言解脫。

她充滿感激，握住那雙汗手。

王先生約定下回再見。

接着，雷聲推卻王先生約會。

被他的手握過，洗好久，那種不愉快感覺不去。

伴遊女郎，都那麼膚淺。

有一位先生，臨時改地址。

五月花秘書說：「張總臨時走不開，約你到他辦公室見。」

「改地點不太好。」

「他正開會，又累又躁，九時尚未得到結論，想喝愛爾蘭咖啡，你帶一壺上去。」

有這種事。

雷聲換上小小黑裙，平跟鞋，帶咖啡機與一小瓶貝利，以及幾碗雲吞麵。

真沒想會議室燈火通明，大圓桌坐着五六個人，都解開領帶，倦態畢露。

微笑着進去，「大家好，我是明明，給你們帶宵夜。」

大家自文件抬頭，看到一張皎潔芙蓉臉，不禁想揉眼。

只見女郎取出器皿食材，先煮咖啡，香氣盈室，各人想站起，被老闆輕喝：「坐下。」

那濃眉坐首座的中年男子想必是阿頭，他們聞言只得坐下。

雷聲搞笑，也在旁的椅子坐下。

這下子，手下不敢笑，老闆卻笑出聲。

雷聲連忙做好咖啡，每人一大杯。

她走近張老闆身邊，用手輕拍他肩膀，然後，再料理雲吞麵。

眾伙計如服下仙丹，提起神，開始有新主意。

他們都認定救命女神是張總的女朋友。

雷聲退到外邊，看到女秘書伏在桌上打盹，啊，任何生涯都不容易。

她把最後一杯咖啡給她，咳嗽一聲。

秘書醒轉，十分感激。

雷聲坐下讀報紙副刊。

半小時後，張先生的會議散了。

幾個伙計向雷聲道謝。

女秘書也靜靜離去。

雷聲走進會議室，看到張先生已把外套領帶解除。

雷聲伸手撥一撥煙霧，「我也該告辭。」

「留下。」

雷聲看看手錶提醒。

「雙倍計算。」

「我以為你疲倦。」

他取過外套，「陪我到海旁走走。」

「遵命。」

幸虧穿着平跟鞋。

他披上長大衣，雷聲最喜歡男子穿長大衣，特別瀟灑，張先生剛才展露過男子的工作美，此刻又顯示好身材。

他們走到海旁，林立大廈霓虹燈過度燦爛，雷聲輕輕説：「浪費能源。」

張先生看向她，「你的確是個俏皮體貼女朋友。」

雷聲微笑。

張先生轉過身，「明明，給我一個吻，可以不可以。」

雷聲這時真的變成明明，「飛吻也可以？」

張先生忽然彎腰大笑，他還是第一次碰到如此有趣女孩，他不知多久沒這樣高興開懷，忍不住握住雷聲肩膀。

這時雷聲用雙手輕輕捧着他臉，這是極親暱動作，低聲說：「本來呢，第三次約會才可親吻」，她在他嘴角吻一下。

張先生怔住，不是沒有經驗的他感動，他要求女朋友般感覺，本來有所懷疑，現在卻得到了。

「明晚可以見你否。」

「明晚不是我工作日，你讓五月花代約吧。」

他又一怔，掏出皮夾，把所有現款掏出，放進雷聲手袋，「送你回家。」

「不用，公司有車接我。」

張先生並不勉強，他點點頭。

公司車十分鐘後駛至，雷聲上車，向張先生揮手再見，她的臉便掛下，都是一場戲。

她低頭沉吟，自鈔票中抽出兩張，遞給司機，司機道謝。

張先生是老式人，身邊收那麼多現鈔，方便打賞。

第二早，她醒不過來，睡過比沒睡還累，向補習社請假。撐兩份工作半年，精神吃不消。

「雷小姐，學生大考將近，豈可告假。」

雷聲尚有良知，是，不可誤人子弟，她撐着上學店。

路上便收到司姐電話，「張先生要見你。」

「累極，想休息。」

「還在替學生補課？兩份工作，放棄哪一份，顯而易見。」

雷聲不出聲。

「明明，你是少數聰明女。」

雷聲呼出一口氣，「司姐，實不相瞞，我對張先生好感，你猜我倆這種關係，會能去到何處，與其將來失望，不如趁早收手，我並不是誰的女朋友。」

司姐沉吟：「如此聰敏，何來快樂。」

「假如可以完善照顧母親，目的已達。」

「與華裔傳統想法相反，母親其實不是你的責任，至於你，過了廿一歲，也不再是她的責任。」

「司姐真是豁達。」

「身體最重要，沒了你自己，什麼也沒有，請自私。」

雷聲說句明白。

她喝兩瓶咖啡因提神劑，打開筆記，斬釘截鐵說：「本補習社估計下列三題乃必考題目，請讀熟記清。」說罷，自己悄悄笑，範圍一共只五題，熟讀三例，已經及格，年紀輕輕，她已諳跑江湖之道。

下課，她聲線有點啞，吃一顆喉糖，站街角等車。

小雨漸急，她沒打傘，也不在乎。

忽然，有人張開雨衣，遮住她頭肩，「車子在那邊。」

她一抬頭，看到張先生。

他們都是如此，想得到，一定不嫌其煩要得到。

「你看你累得慌，我們先去吃飯。」

雷聲把臉靠近他胸膛，深深吸一口氣，她也想接近他。

上車，司機把他們載到小小麵店。

客似雲來，他早已訂了三碗牛肉麵，拿到車廂一人一碗。

又一次賺到雷聲好感，張對下人好，其實，雷聲也是他僱用的伙計。

雷聲從未吃過那樣美味麵食，一時汁液四濺，張看到她天真模樣，忍不住笑。

他說：「沒想到你是補課老師。」

雷聲聳聳肩。

他忽然垂頭，「沒想到愛上一個人，只需要一個晚上。」

雷聲一怔，這麼嚴重，真叫她意外。

「讓我照顧你。」

雷聲不語。

司機識趣說：「張先生，我去買水果。」

車裏只剩他們兩個人。

雷聲緩緩說：「我的經濟負擔頗重。」

「看得出來。」

雷聲訝異，「你是精明老練生意人，為何決定落重本？」

張笑，「因為，你讓我笑。」

雷聲沒好氣，「我不是小丑。」

「你是我快樂天使。」

雷聲撫摸他臉頰，「太快了一點，請你看清楚再說，我不過是五月花芸芸眾女中一名。」

張微笑。

「你目的是什麼？」

「我想得到你這般懂事可愛女朋友，毋須爾虞我詐，先拿出所謂最好一面，然後原形畢露，我已厭倦此類遊戲，我很幸運認識你。」

講得那麼明白，再好沒有，他不會結婚，雷聲也不想結婚。

這時，他把頭靠在她肩上，享受早已遺忘的溫馨，雨聲漸大。

雷聲說：「我們明天見。」

「告訴我你的真名。」

「明明。」

張又被她逗得苦笑。

司機買回咖啡。

他示意司機回轉。

臨別，張深深吻雷聲雙手。

家裏有電話錄音，司姐的聲音：「明明，五月花知道留不住你，給你一句忠告：要先看到錢。」

雷聲不住點頭，累極，倒床上便睡着。

第二早有課，到底年輕，淋浴更衣出門，一打開門，便看見張先生。

中年的他也似剛梳洗完畢，頭髮還濡濕，他緊擁抱雷聲。

「請我進屋喝杯咖啡。」

「我只得五分鐘。」

一踏進小公寓，他怔住，遐思一下子消逝，匪夷所思，比他住宅的玄關還窄。

雖然少女把窩居收拾得乾乾淨淨，但，這不是陋室是什麼。

他忍不住緊緊抱住她一下。

知道這是五月花員工宿舍之後，更加吃驚，額角冒汗，擔心隨時會有男人拿到門匙進屋。

「明明，即刻搬走，我替你安排。」

雷聲心中好笑，屆時，也許就是他一個人拿着鎖匙進來。

雷聲輕輕答：「司姐不是那樣的人。」

張啼笑皆非，至今仍那麼相信人類。

這時，雷聲揉揉眼。

張先生識趣，「我告辭。」

雷聲忽然哈哈大笑，她又為自己解了圍。

主要是，張是一個不會勉強女性的驕傲男子。

第二天，他親自抽空替雷明明找房子。

雷聲告訴司姐：「他找了整個上午，大的嫌大，小的嫌小，靜的太靜，吵又說吵，他說他從未如此躊躇，終於拍板，叫我去律師行簽署作實。」

司姐沉吟：「你可有親眼看過，面積多大，作價如何，是否全部付清寫你一人名字，抑或只付首期，按月分攤。」

「利益全部歸我。」

「哪一名律師？」

「殷律師。」

「明明，一件事如果好得不像真事，它大抵也不是真的。」

「張不會為對他來說不過是小數目而設計害女子。」

司姐頓足，到如今還這樣相信人類，不可思議。

「我今天來辭職。」

司姐點頭，「隨時聯絡。」依依不捨。

雷聲在五月花做這些日子，客人有口皆碑。

明明從此歇業，五月花叫可惜。

那殷律師舉止端莊，神情和藹，向雷聲詳細解釋有關事項，把新居的面積、差餉、水電、管理費等知會她。

雷聲心中嘀咕，光是零碎費用已經不是她可以負擔，一併由張先生支付。

年輕的她猶疑。

殷律師叫人送熱茶與餅乾進來。

雷聲咬一口薑餅思量。

半晌問：「父母可以搬進否。」

殷律師微笑，「對於兩位長者，張先生另有安排。」

「什麼安排。」

「張先生會與他們接觸，另外安排較寬鬆居所。」

「這——」

「是，張先生很周到。」

雷聲點頭，這，再明白沒有，他對他這女朋友，算是體貼誠意。

她在文件簽名。

殷律師把門匙交給她。

「有事，無論大小，均可與我聯絡。」

雷聲到新居打開門，看到間隔家具，不禁笑出聲，同窩居一般，全白大廳當中放一床一桌一椅，仍是獨身年輕白領女子居所。

開門之前，雷聲擔心裝修會如宮殿穿金戴銀，但張先生懂得她心。

雷父比女兒興奮得多。

「總算搬出鬼地方。」

一句也不問新居從何而來。

他同女兒說：「買好過租，你說是不是，如果讓我挑，必不選該幢，地段好像有點雜，幸虧有露台，你媽喜歡種花。」他團團轉，「這雜費種種，不必叫我負責，但你生活想必已不成問題，家用必然由你支付，我可以退休，這公寓是你名字吧。我在想，既然我與你母在此住，不如轉我名下，你不必勞心。」

雷聲訝異地看着他，一向，做女兒的只道他無能、離地、自私，從未想過他如此貪婪、虛偽。他女兒是一個年輕女子，除出肉身，兩手空空，房產從何而來，可想而知，他卻並沒有像舊時苦情戲中老父那樣，把錢財擲回，含淚說：「我家不要這種不義之財」，他竟督督撥起算盤，為己謀私。

雷聲緩緩站立，雙腿瘦軟，「我還有點事，我先走。」

司機送她到補習社辭職。

上司頓足。

雷聲微笑，「請把我的照片自廣告取下。」

有人按住她肩膀，「可是跳槽」，在她耳邊呵氣。

雷聲剛想發作，那人已被司機輕輕一下撞飛。

「雷小姐，張先生叫我幫你收拾。」

雷聲鬆口氣。

她把筆座與一棵仙人掌送給一向保護她的女同事。

同事給她一粒糖，「你那些戰無不克的英明筆記本子可以過到我電腦上嗎。」

「馬上。」

她們送雷聲到樓下。

司機把黑色龐大七座位駛近。

女同事瞪目，「賓利，賓利生產貨 van？」

「唉，麥塞拉底都出保母車。」

車子已把她們前同事接走。

雷聲並無把家居重新裝修。

生活稍作改變，在學生們要求下，她在新公寓私人授課，每日下午二至四時，只限同級三名女生。

一個人，總要有些工作。

她教得很仔細，效果顯著，收費也不高。

雷父探訪。

仍然沒問女兒由誰照顧，一連串探測問題：「房子多少呎，全部付清抑或尚需供款，可間三房否，空間為何不租出，買時價值若干，此刻又價值多少，你還有多少產業？」瞇瞇笑，像隻狐狸。

雷聲根本不認識這個老人。

半晌，他走了。

雷聲情緒低落，用手撐着頭，喝冰凍啤酒。

母親的病症又往相反方向轉。

雷聲抽空見面，她已被送到醫院。

醫生坐下與親人說話，大約表示已經擴散，再做手術與否，相差無幾。

「回家休養，會替她止痛，盡量多陪。」

雷聲蹲低問：「母親，想要什麼。」

「想見你男朋友。」

雷聲難堪，長者永遠強人所難。

這時雷父大聲說：「轉頭等病房，快！」

雷聲找到張先生：「家母入院，想見我男友。」

沒料到對方立即回應：「給我三十分鐘。」

雷聲冰冷雙手忽然開始和暖，這個男朋友做戲做全套，她心存感激。

他帶着秘書趕到，大方自我介紹，雷父叫聲「張老闆」。

雷母見到，示意有話對他說。

她在他耳畔講幾句，只見他不住點頭。

雷父忽然肚餓，要求吃飯。

他們在滬菜館坐下，點了幾個菜，雷父嫌生煎饅頭沒有芝麻，蒸魚上忘記淋油，張只是微微笑，雷聲完全不出聲。

飯後，司機送雷父回家，他朝張拋下一句：「房子總要自己名下才住得舒服。」

半晌，雷聲輕輕說：「多謝你出現。」

「不客氣。」

「家母對你說什麼？」

心中有數，大抵是「你要善待我女兒」之類。

「她說她要永久墳場土葬。」

雷聲一怔，嚇呆，到這種時候，兩老想的，竟全是貼身利益，對着陌生男子，不顧自尊，提出牽涉大筆金錢要求騷擾。

雷聲忽然笑出聲，隨即淚流滿面，張讓她把臉埋到胸前，拍她肩膀安慰。

張要是決定扔掉她這女朋友，她不會怪他。

那一個下午，張留在公寓陪她，兩人都沒說一句話，臨走，張吩咐司機侍候女友。

三個月之後，雷母辭世。

多得張老闆，把所有事宜安排妥當。

又過三個月，雷父見到女兒，忽然假癡假呆說：「噯，你母親那筆費用，結果由誰支付。」

雷聲不去理他。

「我想與文社朋友旅行散心，你與張老闆說一聲，還有，大家想把作品出版參選，找人投資。」

雷聲不再難過，一顆心徹底麻木。

她必須迅速振作，張要的是嬌俏逗笑女友，不是一張哭喪臉。

她穿上漂亮衣裳陪他慶祝生辰。

「明明，我四十五足歲。」

「華誕。」

「你呢？」

「青春將逝。」

「你從未開口要過什麼，說一說。」

「倫敦經濟學院碩士學位。」

「那是要分開兩地。」

「所以——」

「安排一下，也許不是不可行。」

「那會很勞累。」

雷聲趨前，吻遍他的面孔。

這時說兩人沒有真感情，並不真確。

一日，張到殷律師處，口述一封授權書。

抬頭見到雷聲，殷律師有點訝異，他倆，居然還在一起，這不簡單。

當然，她沒動聲色。

張氏撥一筆現款及股票給雷聲。

「我有什麼事，你即時代我過戶。」

「明白。」

「殷律師，我很喜歡這個女朋友，為着什麼，我也不甚明晰，照說，我約會過許多城市著名艷色女子，她們都對我很好，與她們在一起，也十分愉快，但是，只有明明得我心。」

殷律師不出聲，她有許多客戶，每次到她辦公室，都會偶爾吐心聲，不以為奇，多數為妻兒貪婪發牢騷，這樣溫柔傾情，卻是少見。

殷律師輕輕加一句，「可論到婚嫁。」

「目前非常享受這種沒有負擔的感情生活。」

男人仍然是男人。

殷律師不再加插意見。

那年輕女子，也許也覺得以物易物公平交易無牽無掛，非要到過了三十，她們才會驀然驚醒，光是開心，恐怕不夠。

一日，雷聲在街上看見司姐，當然，司姐也看到了她，只是躊躇，好不好打招呼，也許，人家飛上枝頭，已不打算認她。

但是，雷聲主動擋着她去路，一臉朝雲般笑容，「司姐，好生想念。」

司姐不由得一聲讚，這女子念舊。

「司姐，相約不如偶遇，一起吃杯茶。」

雷聲挽住司姐手臂。

司姐也不再婉拒。

兩人坐下，雷聲還記得司姐喜喝長島冰茶。

她說：「年紀大了，已改喝熱茶。」

雷聲連忙補一句：「嘿，怎麼看都不會超過三十零一天。」

司姐不由得握住雷聲的手，一般女僱員走出五月花便假裝不認得，只有雷聲不同。

「可是要與張先生結婚了。」

「雙方都沒想過，還是想升學。」

「明明你什麼都好，就是迷溺升學。」

雷聲賠笑，「學識是力量。」

「是預備將來幫張先生的生意吧。」

雷聲搖搖頭，改變話題，「五月花為什麼叫五月花？」

「明明，你見過五月初夏漫山遍谷的野花沒有，一年我在明媚的英國湖區，欣賞那種美景，念念不忘，故此公司用五月花三字命名。」

「公司生意不錯吧。」

「行家撬客，競爭甚激，還有，僱員罔視合約，私自約會，都叫人頭痛。」

茶座那邊忽然有人招呼，一看，是雷聲第一單人客，那兩位愛探險女客，雷聲還記得她們叫安娜與邦妮，今日，她們與一時髦油滑年輕男子同坐，看樣子，膽子越來越大。

雷聲與司姐相視而笑。

看樣子這種沒有負擔毫無期望的約會甚受歡迎：由受薪人員陪着看戲吃茶、聊天散心，甚至進一步旅行，參加宴會，都一定愉快。

司姐的生意必然蒸蒸日上。

臨別，司姐贈明明一句：「男朋友不一定越多越好。」

雷聲微笑，不多，還不到十名。

司機迎上，「張先生找呢。」

真沒想到，張會陪她到倫敦入學。

大學校邊租一間小公寓，準備一輛小小電動車與一架腳踏車，「十八個月，讀完碩士即刻回轉」，雷聲忙不迭點頭。

他的分公司在不遠之處攝政街。

可以重上學院，雷聲說不出高興。

雷父仍然喜歡煩人，連「電視機彩色不對」都給張電話，張也幽默，派一個人專門應付他，一次，他嫌醬油碟子太大，找人替他買更小的。

明顯地，這世上已沒有人沒有事能叫老人高興，雷聲深為遺憾。

學校假期頗多頗長，雷聲與張先生坐小型飛機遊遍英倫三島，「最喜歡何處」，「絕對不是倫敦」，「可是湖區」，「正是」，「選一幢十七世紀茅草屋頂房子住下如何」，雷聲微笑。

雷聲終於坐到演講廳，心中鼓舞，無限歡喜。

這時，學堂裏華裔留學生數目已經佔三分一以上，下課聯群結隊找地方吃拉麵，見到張先生接雷聲，這樣說：「你爸相當英俊」，雷聲並不解釋。張不是那種想扮年輕的中年人，他不會穿夾克窄腳褲，他總是長大衣蓋西服。

日子像好得不能再好之際，雷聲被命運大神一巴掌摑打在地。

一日，正小班上課，三個學生與師長爭辯一間百年大型百貨公司何以破產結束，司機找上門，要與雷聲說幾句話。

雷聲已意味不妥。

她與司機站到走廊。

司機低聲說：「張先生——」

雷聲一時沒聽清楚，「請大聲些，告訴張先生我還有三十分鐘下課。」

「張先生的飛機在溫德米爾墜毀，機上五人，無一生還。」

雷聲聽到了，站着發獃，直視司機雙目似要自他眼神找出紕漏。

司機說：「殷律師着我即時送你回家。」

雷聲雙腳像被釘子釘住在地板，動彈不得。

這時，分公司女職員趕到，「雷小姐，這裏的事，由我們辦妥，請你速速回家。」

半晌，雷聲說：「我要見他。」

「張家親友已經聚集，雷小姐，你不宜亮相。」

雷聲抬起頭，啊是，這是要緊關頭，不可失態，不能叫張先生失望。

「先回家收拾行李。」

他們架着她離開校園。

雷聲一直不出聲。

車子駛到一半，忽下大雨，倫敦這地方，永遠下雨，但從沒大雨，今日例外，接着雷聲隆隆，電光霍霍，似在搜尋哪個罪人。

雷聲茫然不覺。

一定是做夢。

夢醒，轉個身懶洋洋起來，發覺自己才十八歲，父母鍾愛，又有能力，過些時，她將赴美馬利蘭州讀書，有人如果說：「去美國那麼容易嗎」，那不是指她。

她呆着面孔，在秘書幫助下收拾行李雜物。

這才發覺，全身上下，包括她的肉身，莫不是張先生名下。

她找到啤酒，大口喝下，冰凍液體一條線似從喉管直通腸胃。

司機買簡單晚餐充飢。

半夜時分，殷律師趕到。

一向氣定神閒的她有些氣促，握住雷聲手，吩咐秘書辦事。

找律師的電話接踵而至。

她一直沒放開雷聲冰冷的手，叫人取過披肩。

秘書一直忙着為她辦事。

她喝一小杯拔蘭地，看看時間，「雷聲，我們這下子便往飛機場。」

雷聲抬頭，什麼。

「走吧，這裏自然有人收拾。」

雷聲聽見自己嚅嚅說：「我想見最後一面。」

殷律師嘆口氣：「墜落飛機上乘客面目全非，難以辨認，法醫正趕忙認證。」

雷聲不再出聲。

「明明，相信我，已為你辦到最好。」

忽然叫她明明，她不再說話。

司機送她們到飛機場，神色慘痛，想說些什麼，又止住。

航程不短，雷聲閉上雙目。

她靜靜想，這個叫明明的夢，這麼快結束。

明明像是重生。

明明似有下文。

明明快樂像觸手可及。

她掙脱殷律師握着的手。

律師按時收費，聽差辦事，做得妥當，是因為能力高超，不涉感情。

她輕輕問：「我認識張先生，有多久了。」

「約一年半。」

「好似只有旋風般幾天時間。」

「你倆在一起開心。」

雷聲伸個懶腰，腰痠背痛，到底不比十多歲時體力，她説：「我去衞生間。」

還沒走到門口，已經咚一聲摔倒在地。

服務員大驚，連忙湧上扶起。

雷聲沒事，她只是絆倒在地。

飛機毋須緊急降落。

殷律師接着告訴她，張先生已為她將來經濟問題作出安排。

「隨時聯絡。」

雷聲腳步有點浮，但緩緩打開公寓門，走入，坐倒地上。

她這一進屋整個月沒出門，也不梳洗，肚子餓得慌便用冷水送麵包，吃光找到餅乾，然後無論什麼乾糧與罐頭。

一日，管理員按鈴不獲應門，驚嚇，報警，一名年輕女警一定要進門。

雷聲無奈，打開大門。

女警只聞到悶臭，她看到頭髮凌亂丐婦般女子瑟縮站面前。

女警沒好氣，但仍然平和地叫管理員把成疊報紙信件收入，打開窗戶透氣，然後叫雷聲坐下。

她主動說：「雷小姐，我猜你是失戀可是。」

雷聲一聽，忍不住微笑，這才發覺，面孔肌肉尚能郁動。

管理員說：「雷小姐，我叫人來替你清理家居。」

漂亮機靈的女警說：「告訴我，發生什麼事。」

雷聲不語。

「相信我，每個男人都手持五呎長鐵鏈，每一環節上都扣着一顆無知女子的心，誰沒有失過戀呢，這上下他已與別人卿卿我我，你何必幫他糟蹋你，快，洗把臉，換件衣裳，該讀書，或該上班，速速步入正軌。」

雷聲站立向她鞠躬。

女警說：「我還有別的任務，失陪。」

女工上來收拾。

雷聲看到整疊舊報上訃聞：「南方航空公司董事長張勁不幸——」治喪

委員名單整整刊滿頭版。

工人先洗淨衞生間。

雷聲走進去，打開水龍頭，坐一角想：還是要活下去可是，明明這一段完結，還有其他故事，其他男伴。

這時女工敲門，「雷小姐，一位司小姐探訪。」

雷聲連忙披上浴袍，「司姐你怎麼來了。」

「我給你十多通電話無人接聽，剛才有傭人說你在家，我便趕來。」

「司姐，你都知道了吧。」

司姐嘆口氣坐下。

雷聲側過身穿衣服。

「明明，你竟瘦成這樣。」

她穿上衞生衣褲，再添件毛衣。

司姐把雷聲頭髮撂到腦後，看清楚她面龐，啊，歲月不饒人，眼角有皺紋。

司姐嘆口氣，勸說：「我不是多嘴的人，許多想講的話都吞入肚內，事不關己，己不勞心，但我待你一向另眼相看，忍不住講兩句，明明，那不是姻緣，那是劫數，你想想，你與他的關係，不可能長久，不能持續一生一世，終得傷心結局。」

雷聲低聲說：「他喜歡靠在我背上，一動不動長久。」

「那是他中年男子難言愛戀。」

「不能持續嗎？」

司姐肯定答：「開頭總是美好。」買與賣關係，焉能永久。

「非得牛衣對泣才牢靠？」

「更加荒謬，明明，請幫你自身醒轉。」

雷聲揉臉，順手擦去眼淚。

「房子是你一個人名字吧。」

司姐的鐵石心腸必定由無數傷痕歷練所成。

這時門鈴大作，司姐張望一下，「雷老先生用手杖打門。」

是雷父到。

先聲奪人，有己無人。

「你去何處，也不關照一聲，難道要我獨自爛死，公寓內燈泡全壞，開不亮，還不找人換，下月我六十五歲生日，你有何表示，我電阿張公司找他，只是無人聽。」

連司姐都怔住。

一味「我我我我我」的人見得多，以這個最厲害。

只聽雷聲緩緩說：「你生日要錢還是筵席。」

不假思索：「錢。」

雷聲進房取出厚厚一疊現款，交給老父。

雷老放進口袋，不再言語，出門。

臨出門還有一句：「我要往澳市一趟，叫阿張替我辦船票，喚司機接送。」

走了。

司姐不出聲，隔很久才說：「那是你父親。」

雷聲設法替他開脫，「人老了便會那樣，司姐，你我老後或許也如此。」

司姐嘆口氣，「冰箱總有雞蛋吧，我做奄列。」

雷聲坐爐邊不語。

司姐忽然說：「這世界如舞台，而眾生不過是演員。」

啊司姐熟讀莎士比亞。

「明明，那齣戲已經落幕，只是不長又不短人生中一套，你還得演別的劇目。」

什麼！

「你以為你完了嗎，還早着呢。」

雷聲張大嘴。

「休養生息，從頭再來。」

雷聲忽然嘔吐。

司姐做薑茶，讓她喝完才走。

下午，她派一個中年保母到公寓侍候，每週五次，做些吃的，打掃一下，還有，聽電話。

全是雷父聲音：「你勿要省，替我買一套行李箱，十隻熱水杯，還有……」

雷聲仍然發獃，整日不到街上，也不辨春夏秋冬，在露台呆坐。

殷律師找。

「到我辦公室一次，我派車接你。」

「我自己來。」

結果摸許久才到，計程車把她載到可以下車之處，她抬頭，卻忘記站街上為着什麼，幸虧殷律師電話到：「我下樓接你。」

雷聲看到大廈招牌，「廣華，對嗎？」

「一點不錯，站着別動。」

不一會殷律師見到她，抱一下，只覺雷聲瘦極。

她挽着她到辦公室，叫助手做一杯熱牛乳，關上門。

殷律師爽爽快快，「是張先生遺囑，他有一筆現款，支付你生活費用，按月分發，怕有人騙你，如有特別需要，才另外撥加。」

說到這裏，有點難過。

「是的，還有，他置了一枚指環，打算向你求婚。」

雷聲一聽，縫合傷口忽然綳裂，心血汩汩流出，眼淚無法抑止，終於哭出聲。

「他曾與我商量，鑽石挑藍色抑或粉紅，我建議藍色，他終於選擇粉紅。」

殷律師由保險箱取出小盒子，打開，給雷聲看，「他說，四五卡拉不大不小，可以日常戴。」

雷聲呆視，不出聲。

殷師的嘆息聲與司姐一模一樣，「暫且放我這裏，要用時才取。」

雷聲點頭。

「你會答允嫁他否。」

雷聲又點頭，持續一年、兩年，都好，餘生更佳，只是，天時不允。

「這段日子，得靠你自身熬過。」

「我想換一個地方讀書。」

「說也奇怪，張先生所列細節，並無學費一項，他甚至提及可以打本若干給你，做小生意。」

雷聲一怔，他原來不想她升學。

「雷聲，為何想繼續升學？」

「怕配他不起。」

「張先生不是那樣的人。」

「我始終沒有搞清楚。」

「雷小姐，如果你不介意，將來，你有朋友，可否讓我過目。」

雷聲答：「誰會合你法眼？一定不是面孔像薯仔，就是五官浮誇，或是學識與常識不足，最後，家境太平常。」

殷律師這樣說：「唉，你不知道，近年許多男性矯形做雙眼皮，還有，留學生以為宋徽宗姓宋。」

雷聲一邊拭淚一邊反問：「嘿，徽宗不姓宋姓什麼？」

尚餘幽默感，殷律師笑，到底還年輕。

離開律師事務所，雷聲又蕩失路，她告訴自己：循着電車路走沒錯。

結果整個月都做夢，在電車軌上遊蕩，走個不停，也不見終點。

有一早，醒轉，發覺不再做夢，原來，天氣已經和暖。

雷父大聲說：「生日不請我吃飯！」

雷聲微笑，只有這父親永恆。

「我決定週末在慶鴻樓請三桌文友，叫阿張交出信用卡付賬，我不會先付，我不想損失利息，聽到沒有。」

那天，雷聲到酒樓付賬，果然，三幾桌文友圍着在大吹大講，真好，喜歡請客，又有朋友付出時間，晚年，正應如此，忽然之間，雷聲不再生氣。

一看賬單，三支酒，萬多元，呵，只要他高興。

雷聲盡量振作，走出去，約會，尋歡，但到一半，她會問：你在這裏幹什麼，強顏歡笑，又不見酬勞，浪費時間，於是半途而返。

五月花介紹的人客，比自由約會安全得多，至少他們經由工作人員細心篩選，他們填過合約表格，五月花存有他們地址、電話、年齡、職業，甚至健康報告，比外邊那些甲介紹給乙介紹給丙或是路上酒館網上認識的愛皮西有根據。

而且，有職責在身，雷聲往往可以控制情緒：「我是明明——」，貨真價實，物有所值做一台戲。

她很快放棄那些沒有媒人做保的約會。

住所附近有條路通往近郊，一日傍晚，她獨自蹓躂，忽然看到山坡一束粉紅色含羞草，呀多久沒見這種兒時野草，她伸出手指碰一碰它的枝葉，果然，它怕難為情似閉上，雷聲微笑。

再走遠些，一大叢雪白牽牛花冒出，許是因為雨後，來不及等清晨。

一路走去，不覺寂寥，天色終於暗下，雷聲連忙找路回家，不料下雨，一個人了，若是從前，張先生的司機與傘一定在附近伺候。

略見狼狽。

她躲到樹下，等雨停。

偶爾有車子飛快駛過。

一個人了，如不看好自身，消失也沒人知道。

看樣子這雨會落整夜，她吸口氣，努力朝正確方向走去。

天已全黑，幸虧身邊有支筆形電筒。

這時，身後一輛車包抄，嗚嗚一聲響，停住。

雷聲一怔，抬頭，是一輛開亮車頭燈的警車。

「喂，什麼人！」

一名軍裝警員下車，用強力電筒照雷聲，只見是個全身濕透瘦削穿白衣女子，這才鬆口氣，「為什麼獨自在偏僻處遊蕩？車子經過，嚇得司機魂飛魄散，這路上一直傳說有隻白衣女鬼。」

雷聲啼笑皆非，什麼，終於像鬼了。

「家人會擔心你，住何處，警車送你一程。」

「不用，謝謝。」

「警方有責保護市民，請上車。」

為着省事，雷聲只得上車。

警察給她一件披風。

警車很快駛到住宅，管理員見警車連忙趨近，「雷小姐，是你？沒事吧。」

「沒事，多謝關心。」

雷聲轉身向警察道謝，燈光下看到他的濃眉大眼。

回到家淋熱水浴一早休息。

她深念含羞草與牽牛花，但始終沒有再走上那條路。

一日，想吃雲吞麵，穿上帽斗衣外出，在樓下聽到車子喇叭嗚聲。

好熟悉，她抬頭，一輛小小電動車停她身邊，司機探頭，真是那雙濃眉，不過，這次他穿便裝。

「去何處，雷小姐，送你一程。」

鬼都不怕，好膽色。

「我每早八時來等，管理員說，雷小姐正休假不上班，很少外出，於是改到中午。」

他好像不知這叫吊膀子。

她走近看他，年紀輕，有點天真。

他也看她，全無裝扮，傳說中女鬼正應如此清麗。

他下車。

「是吃中飯嗎，陪你。」

男子，就是這樣方便，除非女方怒目相視報警，否則，他一直可以跟着走。

雷聲不知如何應付他。

她靜靜與他一起吃麵。

他吃相奇趣，一啜，湯汁四射，唇上有小鬍髭影子，具挑逗性，不知他最擅長什麼遊戲。

「我叫王家強，雷小姐你的芳名？」

「我是平平。」

這是她這台戲的藝名？她也不知道。

王家強年紀輕輕已是督察身份，十分自信，說不出那樣喜歡平平。

他帶來一大一小兩隻玩具熊，大的把手臂搭在小的肩上，忽然，大熊臂輕輕拂小熊臉龐，又縮回不動，彷彿害羞。

雷聲被他惹笑。

雷聲不想浪費時間，她已經不是十七歲，也無心情享受青春小樂趣，她不做沒有結果的事。

吃茶看戲逛馬路，一下子整年過去，一不能贍養，二不能結婚，她要的不是小男朋友。

機會來了。

同一間麵店，同一座位。

雷聲默默吃麵，忽然，有一打扮時髦年輕女子趨近王家強，視雷聲如無睹，在他耳邊細語。

王家強略覺不安。

那女子咬耳朵足足好幾分鐘，王家強並沒叫她走開。

什麼重要的事。

雷聲緩緩站起，機會來了，她輕輕說：「這位小姐，你坐這裏，慢慢講。」

她走出麵店。

王家強並沒追上。

雷聲這時已約莫知道那女子說的是「王家強，你蠢，這女子叫明明，五月花紅牌。」

過兩日，王家強終究不捨得雷聲的沉默憂鬱，前來求證。

雷聲低聲說：「你再不走，我會報警。」

他也不是昨日才出生的人，神色黯然，靜靜離去。

這王家強該如何編號？

阿爾伐是希臘字母第一個字，即A，Alpha，頭號意思，每個女子心底，都有這個第一名羅蜜歐吧。

雷聲找司姐。

司姐當然無任歡迎。

她表示需要一筆款項往外國升學。

司姐自然訝異。

那張先生，難道沒有顧及這一方面？不會吧。

「你不是讀書，你是逃避。」

雷聲低聲回答：「說得不錯。」

「對我，總算有句真心話，張先生沒為你準備？」

「他不喜我升學，我不想違反旨意。」

於是陰奉陽違，自己籌錢。

第二早，司姐找她，「有一件事，明明，請你幫忙，請來五月花商洽。」

看，六月債，還得快。

司姐很爽快，「某男士想約一名女伴赴重要宴會，已見過五月花旗下多位美人，卻不滿意。」

這麼挑剔。

「我亦無德無能。」

「請你試一試。」

「我竟不知五月花還提供看樣版。」

「生意難做啊。」

司姐與雷聲一起苦笑。

「我此刻不叫明明，改叫平平。」

「平平不好，給人平平無奇的印象，叫施施吧，CeCe。」

都一樣啦。

「只是你現今那麼瘦——這位周先生，住國際酒店，他會在咖啡店下午三時見你。」

「要赴什麼宴會那麼緊張。」

「唉，說來可憐。」

這種男子，怎麼會與可憐二字有關。

「有何標誌，可會在桌上放一支玫瑰花。」

「好吧，就玫瑰花，替五月花爭口氣，你若再不成功，他會往別家。」

「你還沒說他為何值得同情。」

「愛人結婚了，新郎不是他。」

雷聲怔住，失戀，男人也會失戀。

「而且，傷口灑鹽，雪上加霜，還邀請他出席婚禮。」

唷。

「婚禮在大溪地某沙灘舉行，他想爭口氣，故到五月花尋找美女充女友前往。」

雷聲聽後嘆口氣。

真蠢，人家已不要他，還辛苦做樣子給她看？應當放下自在，不必給自己添亂了。

「怎麼樣，夠可憐吧。」

「既然如此深愛，為何分手。」

「我也問過，他說，他還不夠遷就她。」

「時間到，我去赴周先生約會。」

「喂，你先回家裝扮一下。」

「不用，借一管大紅唇膏給我。」

隨意塗兩下，頭髮撥向後，紮成馬尾。

一進咖啡店便看到大束黃玫瑰。

她輕鬆走近，啊，施施登場。

一臉笑，晃着馬尾巴，順手取起花束，嗅一下，再放下，姿勢純熟伶俐，「我是施施，沒有遲到太多吧」，見雙座位還有空隙，她與他同坐，那樣，兩人面孔不過尺許距離。

那男子剛想站起，已被她按下，「別客氣。」

她看清楚他，一怔，嘩，這麼漂亮男子，還要被甩，天無眼。

那周先生與雷聲一照臉，忽然說不出話，這才是他要找的女伴：一張小臉只比他巴掌略大一點，晶瑩雙眼，無妝，唇膏不經意糊掉，像吃果醬後忘記抹嘴，只梳馬尾巴，一額碎髮，笑容燦爛，神采飛揚，似世界彷彿還算美好。

他怔一會，輕輕說：「我是周揚。」

雷聲要一杯「酒吧最老的威士忌加大塊冰」，喝一口，像是瓊漿玉液到口那般高興。

周先生不禁微笑，多麼可愛的女子。

雷聲輕輕說：「告訴我，你想做什麼。」

周揚以為自己已死的心忽然一動。

這女子與其他時髦都會女性一般，相當纖瘦，但是寬大白襯衫下胸部豐滿，腰身曼妙凹入，緊身高腰牛仔褲襯得雙腿細長……他有足夠經驗看出她全身純天然。

他忽然輕輕站起，坐到另一張沙發。

雷聲不放棄，她也跟他移動，仍然坐他隔壁。

周投降，看着雷聲，「你想怎樣。」聲音極低。

「聽說，要到外地參加一個婚禮。」

「是。」他已知道出差另計。

「我可是需要準備一件漂亮禮服。」

他輕聲接上：「另一件泳衣。」

「一共多久。」

「兩日一夜。」

雷聲忽然同情他，「一定要去嗎？」

他十分坦誠，「見到你之前，我已想放棄。」

雷聲在他耳邊像是自言自語：「這是讚美嗎。」

他與她到著名女裝店貴賓廳挑禮服。

店員把整架晚裝推出，有一件藕色紗釘同色珠片，薄如蟬翼，雷聲取出，在身上比一下，向周先生睞睞眼，進更衣室。

不知多久沒笑的周先生又笑。

他致電五月花司姐，「就是她了。」

雷聲換上禮服出來，連服務員都嘩一聲。

周先生也算見多識廣，但當下雷聲倩影叫他張大嘴，知道失態，又合攏。

雷聲整個身形在燈光下閃爍，一舉一動，似林中仙子。

周先生讚嘆，「太漂亮了。」

服務員笑，「腰間還可以收一吋。」

雷聲說：「不用，配雙鞋即可。」

她招周先生，「來，跳一拍舞。」

周迎上，兩人轉個圈，雷聲咭咭笑。

不，不，她是真的開心，因為她能讓周揚開心。

「晚上八時飛機，呵，你有旅遊證件否。」

雷聲頷首。

她回家收拾雜物。

深深吸口氣，隨陌生人往大溪地。

周先生咕噥，「不知是什麼人喜歡這種一個沙灘一個太陽的度假地。」

雷聲微笑挽着他的臂彎。

在雷聲努力下，他倆一見如故。

她陪他報到，然後與他在泳池鬆弛。

更衣時她看到他手臂上細密汗毛，忍不住輕輕撫摸，忽然，瞥到一個美術字紋身，寫着安妮，但是上面有×字，雷聲一怔，笑得站不直，蹲到地下。

周揚尷尬。

「太孩子氣，為什麼不叫醫生用鐳射磨淨。」

那安妮，想必就是今晚新娘。

他答：「回去就做。」

他拉她起身，忽然吻她嘴唇。

他們更衣赴宴。

露天婚筵在沙灘舉行，四處點燃火把，眾賓客回轉頭看周揚與閃閃生光的雷聲。

雷聲仍然是馬尾紅唇，但這正是她最突出之處。

她與周先生相擁起舞，惹來艷羨目光。

有男子走近拍他肩膀要求讓舞。

他不假思索說：「不。」

雷聲知道她身上好像沒有穿衣似，搶盡鏡頭。

祝酒時看到新娘，不錯嫵媚，但妝太厚，有倦容，雷聲在周先生耳邊說：「哪裏配得上你！」

「真的嗎？」

「真金般真。」

周揚忍不住又吻她額角。

他是接吻好手，微微張嘴，有種天真盼望感覺，準備享受柔情，輕輕一碰，不失禮貌，雷聲喜歡這人收放自如。

不知恁地，這樣男人，遭人丟棄。

女方瞎了眼。

她決定嫁的男子不起眼到不能形容，沒什麼好說。

「謝謝你。」

「不客氣。」

「你不叫施施吧。」

「我是施施。」

他們不覺倦，依偎跳舞至深夜，天淅淅下雨。

賓客也都散了。

周揚把外套脫下蓋住雷聲肩膀。

他問：「可以多留一天否。」

「目的已達。」

「是，你說得對。」

雷聲原以為他會提出要求，但沒有。

他們在天濛亮抵達飛機場。

周揚說：「我家在舊金山，我們不同路。」

啊，雷聲沒想到。出乎意料。

「要説再見了。」

「再見。」

她取過頭等艙飛機票。

他給她一隻錦盒，必定是小費。

雷聲打開一看，是一塊掌心大翠玉，雕成兩隻豆莢模樣，十分可愛，並不俗氣。

雷聲説：「這必是傳家之物，我怎好收取，你付我現款即可。」

「我留它無用。」

「周先生，你一定會遇到比她更好更美更體貼的女子。」

「收下。」

雷聲只得把盒子收起。

他倆擁抱一下。

獨自上飛機，臉就掛下。

怪疲倦，用手揉揉眼。

也不想什麼，她放平座位，睡着。

她並不算一個好修養的人，累就是累。

她獨自回家，沐浴過後，心身還有海水蕩漾感覺。

司姐找她，「這麼快回轉。」

「不然還結婚乎。」

「那新娘，可漂亮。」女人都喜歡問這個。

「所有新娘都緊張得像蛋糕上那個人形。」

「奇怪，他為她傷感。」

「世事的確光怪陸離。」

又靜下來。

她用施施的名字，出擊過幾次，人客買笑，她賣笑，大家互逗開心。

如果人客要求不止這麼簡單，施施會得敷衍，他們不過與有心揩油男同事一樣，與情色脱不了關係，但主要是「你奈我何？誰叫小姐你拋頭露面出來賺錢。」世界進步了嗎，社會公平了嗎，女性敢勇於揭露嗎，很難説，第一個開口責難：「這種女人還敢説話」的也是女性。

殷律師找，「為什麼不見你存入支票。」

雷聲輕答：「張先生已經不在。」

「你還是要生活。」

「我正努力積蓄，你或可幫我作投資。」

「我並非投資律師。」

是的，雷聲這女子的確有點麻煩。

「這年頭，投機炒賣之風實在太盛，最安全不如找一隻鞋盒把現款裝起收藏床底。」

殷律師真會説笑。

「我有親戚子女想找補習老師。」

「今日每個孩子都需要惡補，好不稀罕，你我有補習老師否，還不是年年升級。」

「都說現今功課深奧莫測。」

「才怪，我熟識他們章程，與我小時大同小異。」

「雷老先生找過我。」

什麼，他怎會打聽到殷律師。

「他在你桌面看到我的名片。」

可以猜到有什麼要求。

「他問我你名下有何不動產，問得仔細：『買時值多少』、『現時增值若干』、『可否轉父親名字』，來過好幾次，我沒有時間，他便坐着等，要求茶水。」

雷聲不語。

「他的住所，費用仍由張先生負責每月支付，我也猜測，老人若手上握一筆現金，會遭人欺騙。」

雷聲答：「明白。」

殷律師冒大不韙，勸她做不孝女。

回到家，老父在門口等她。

進得門來，十分氣惱，「我找不到阿張，他去了何處？」

雷聲悲傷抬頭，「他已不在這世上。」

雷老大為震驚，「你胡說什麼，啥叫不在世上！」

雷聲雙眼通紅。

雷老這才醒悟，頓足。

雷聲取出屋裏所有現款，放進老父口袋。

他看到首飾盒子，打開，露出喜色。

雷聲不動聲色，「九塊九毛九，假貨。」

他丟下盒子，「阿張沒有騙你吧。」

「沒有。」

雷聲拉開門請他走。

不知多少人家中有這種長輩，下一代吃盡苦頭，只是無人敢當眾抱怨。

雷聲打開首飾盒，把翡翠取出，在頸項戴好。

她倚在露台看風景。

那時，張先生會靠在她背上，一起看對海煙霞。

露台種着雪白潤碩梔子花，此刻已凋謝。

雷聲看自己雙手，都說她擁有極之好看修長手指，像文藝復興畫中天使手，這樣的手一日也會起斑皺，時間，用來折磨人類，屆時，有許多新明明、平平、施施出動覓前程。

五月花秘書找：「雷小姐，人客說只是吃晚飯，並希望談尼采無神論。」

雷聲啼笑皆非，「我不諳哲學。」

「那雷小姐擅長何種話題。」

「吃喝玩樂。」

那助手也笑，「你讀經濟，德國猶太裔羅斯齊家族如何起家可以嗎？」

「這題目極悶。」

「這客人奇怪可是，他説那間意大利餐廳的菠菜麵美味。」

「天地萬物，都不能與華裔相比。」

「那麼，吃中菜好了。」

雷聲微笑，「好像不應對人客太挑剔。」

「那我替你約好時間地址。」

雷聲想，將來，赴約之前許要先讀熟喬叟、但丁、莎士比亞。

這樣下去真不是辦法，得往書店物色物理、考古、醫學最新發展，以免吃飯時沒話題。

她選一件灰紫色略釘幾枚亮片的裙子出席。

裙不要太短，胸不需太露，是五月花座右銘。

到達目的地，侍應說那位先生走開一陣，稍後出現。

雷聲無所謂，五月花規矩是可以等十五分鐘。

她當看茶客如看風景似，忽然有人把手放在她肩上。

誰。

她按住那隻手，免它順勢往下滑，可是手的主人趨前，把他的臉貼向雷聲。

雷聲警惕，電光石火間，她嗅到那人氣息，是周揚，她忍不住淚盈於睫，周揚回轉。

她握住他的手，拿到胸口按住。

果然是他，數月不見，他長了鬍髭，越發英軒，再次相逢，他有點激動，也不說話。

服務員上菜，雷聲聞到白松露香，真不是時候，兩人都沒有胃口，雙方都沒想到會如此歡喜。

半晌他說：「想你。」

雷聲哽咽，不願放開他的大手。

真沒想到會是周揚裝神弄鬼扮別人哄她，平時，都是她哄人。

第三天他說：「玉器配你的確好看。」雪白皮膚，晶配翡翠。

還以為要與他討論意大利文藝復興是否因麥迪西家族財富帶起，原來不必。

周揚輕聲說：「在波恩我同自己說：到達威尼斯一定可以忘記那女子，但是沒有，唸着你名字，像是聽見你笑聲，似聞你笑語，又想起你眼神，心不在焉，我正陪父母舊地重遊，家母問『為何悶悶不樂，是否歐陸大不如前，唉，幸虧從前來過，美好經驗不失不忘』，一言提醒，即縮短行程趕回。」

雷聲靠在他肩上吃冰淇淋。

明知這條路會得崎嶇，兩個人，完全不同背景、環境，住不同城市，幹不同職業，雙方還不想知道彼此過去經歷、未來前程，只享受當下。

抑或，根本就應該這樣，太多期望，更多失望。

兩人用所有時間膩在一起，都不介意看到對方最不整潔一面，醒轉，不梳洗，先吃早餐，一人看報，把頭條讀給對方聽，讀影評，但不能決定看哪齣戲，這時，周揚身上都有氣味了，才願意淋浴，彷彿這一洗，會把昨日纏綿洗盡，又得重頭來過。

他臂上「安妮」及×已經洗掉，還有一個陰影，仔細看一下，不難辨認字跡。

「都不願意回家了。」

「可有妻室。」

「從來未曾結過婚。」

是要多享自由。

「為什麼不。」

「沒有時間，追求女孩子幾乎要一個男人全部精力，結果，三五年之後，忽然告訴你，她決定嫁另外一個人，她不能再等——」他說了幾句粗話。

雷聲呵呵笑。

他悻悻，「你最愛嘲訕我苦處。」

「也許，她覺得你太漂亮了一點。」

他臉色漸漸緩和。

這人把公司業務搬到雷聲家中，電腦面對角落，下屬看不到他身在何處。

「周先生，大同老闆希望看到你真身。」

「我沒有真身，只得元神。」

雷聲又笑。

助手起疑，「周先生，你在何處，與朋友一起？」

周揚已關上電腦。

他說：「我得幫你喬遷。」

「我不想搬家。」

「聲，這是你的寓所，我在這裏已經住上整月，一切開銷歸你，成何體統，我不是驕傲的人，但身為男子，生活怎可依賴女友，我已找妥一個地方，照你意思裝修，只不過大一些，去看看。」

也是要送她住所。

說得難聽些，一間間收集起來，還真是一筆數目。

更衣參觀新房。

地點、景色、面積都十分理想。

大廳仍然作書房，兩張大舊木桌，她那張桌面邊緣還有不規則曲線，照原木生長形狀，不加修飾，瀟灑之極。

雷聲並非坐工作枱的人，怕辜負這張好枱子。

他的桌子更稀罕，用一張寬大不銹鋼乒乓球桌，椅子是一個球，邊工作邊運動，好心思。

就那樣，沒有其他家具。

房內這白色大床，拋在中央，四邊不貼牆，都會的住宅，有一百平方呎臥室已算好尺寸，這房間足大三倍。

「明日你去劉關張事務所簽個名字。」

「無功不受祿。」

「哈哈哈，」他笑，「你太客氣，你的功是叫我笑。」

「你也叫我笑，我該奉獻何物。」

「與我一起。」

「合約期限多長。」

「無限。」

男人有時好不天真，雷聲握住他溫暖大手。

「沒有什麼是永恆的事，太陽、白矮星，不過剩下二億年生命。」

「那就二億年。」

「這樣吧，加一條附例，二億年期限，不過，期間若有意外，譬如說，彼此生厭，那就不必硬拖，你說是不是。」

「太沒信心。」

「你說，我對你一無所知，譬如說，你家做哪一行。」

「貨櫃運輸，規模約比梅斯克小一點。」

「啊！這是最污染大海與空氣的行業。」

他不介意，「我知道你會揶揄我。」

「一隻貨櫃船航行太平洋一周，油渣產生污染是一萬輛汽車一年排碳量。」

「正改進中。」

「還沒計算到漏油意外，引擎巨響影響到鯨魚等生態。」

原來，今日討論題目是全球運輸與環保。

周揚取出香檳酒。

雷聲說：「一瓶只得四小杯，我不打算與你分享。」

「我有十箱。」

兩個人的不羈叫他們笑成一團。

周揚抱怨，「不想回家。」

但也不得不回去走一走。

他幫雷聲回舊居收拾雜物。

這些年，雷聲收集不少立體書，從愛麗斯夢遊仙境到無比敵到歷年星空探測器到超現實畫家愛許納作品都有，周揚不禁津津有味翻閱。

「這本最好：世界古代著名十大建築，有長城呢。」

不願釋手。

「還有一本小王子，在這裏。」

「嘩，還有太陽系詳解。」

兩人童真大發坐地上逐本欣賞。

忽然門鈴響，一手推開大門的又是雷老先生。

他真具喜劇效果。

一眼看到周揚：「阿張，你在這裏，真好，過來，有話同你講。」

雷聲尷尬，剛想阻止，周揚已知情識趣站起，跟雷老先生到一角。

他取出一本冊子給周揚，「這是我與文友合著的文集，請指正。」

周揚恭敬地接過。

雷老又說幾句。

忽然，他掏出支票簿寫數目。

雷聲上前阻止，「父親，我寫給你。」

雷老理直氣壯，「你的也要！」

雷聲想拿她的支票換周揚那張，不料兩張都被雷老收入口袋，開門而去。

雷聲氣結。

半晌周揚笑，「令尊？」

可不就是。

那本文集印刷頗為精美。

雷聲不方便問周的支票面額多少。

「為什麼叫我阿張？」

雷聲賭氣，「因為張三李四。」

周道歉，「我不該問。」

雷聲吁氣，找出剪報，那是當時意外新聞及訃聞。

「呵，這位張先生。」

雷聲不語。

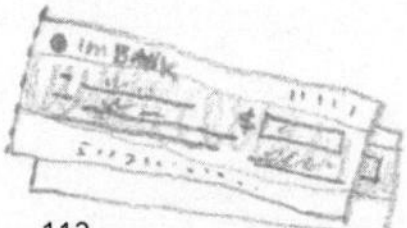

「可憐的雷聲。」

四手握緊，坐在立體書上。

稍後，周揚回分公司開會。

雷聲提着她的身外物下樓。

管理員趨前說：「雷小姐，說幾句話。」

什麼事。

「有人時時在停車場通宵等你。」

雷聲一怔：「誰。」

「先前那個王先生，他說他是警隊督察，問你搬往何處，我沒講。」

雷聲沉吟一會，「你做得對。」

「唷，他又來了。」

手一指，雷聲隨方向一看，果然是王某，已不是精神奕奕的年輕人，他神態萎靡，看到雷聲，露出驚喜之狀。

謊言。

「真想不到會看到你。」

雷聲已經不高興，閣下天天在此守候，見到又有什麼稀奇，這是第一個謊言。

「我是王家強呀，可以說幾句話否。」

雷聲答：「今日我有事，改日通電話吧。」

他取出小本子與一枝筆，「把電話號碼寫給我。」

第二個謊話：他會查不到嗎。

雷聲一邊走，他一邊跟，管理員走近。

雷聲不慍不火的說：「你回去吧，勿再纏擾，請維持自尊。」

王臉色一沉，「你喜歡有錢人，你虛榮，是個出賣時間肉體的女人，我看錯你，你欺騙我感情。」

雷聲不由得說：「不要講你明天會後悔的話。」

他想伸手，被見義勇為管理員擋開，「快走，我們會報警。」

雷聲得以脱身。

她不是害怕，也並非憤怒，而是無奈，一個女子，單獨與社會糾纏，遲早會遭到一些人來回踐踏蹂躪與侮辱，以圖磨損女子意志，好為所欲為。

她踏上車子，電話隨即響起，來電人正是王某，剛要她親手寫下號碼，其實一早已經知悉。

她關掉電話。

雷聲與司姐商議此事。

司姐答：「所以説，最壞的男人不是拋棄你，最壞的男人不放過你。」

「可以報警否。」

「警察心裏微微笑？小姐誰教你行為不檢。」

「現在的警察不一樣。」

「那人不正是警務人員嗎。」

「只不過吃過兩三次麵，還以為是和平分手。」

「對於男人來說，唯一和平分手，是他拋棄女人。」

雷聲想一想，「只能希望過些日子會得忘卻。」

「忘卻你？你也太低估自身，那王姓男子是你私底下結識的吧，沒有五月花做擔保，果然惹出麻煩。」

雷聲好笑，介紹所有它的好處。

「周先生可在本市？」

「他公事出差。」

「別叫他知道這種麻煩事。」

「周知道我是什麼人。」

「知道是一件事，看到又是另外一件事，你確實聰敏，但別高估男子器量。」

「依你說，是戰戰兢兢，步步為營。」

「做人真痛苦可是。」

「有何忠告。」

「避得開就避。」

「可以向他解釋過去即過去嗎。」

「那是一個聽道理的人否。」

「如果是你，司姐，怎麼辦？」

「我長相平凡，男友與我分手，並不回頭。」

「你不願講。」

「我們喝下午茶去。」

由此可知，司姐也與她生分。

雷聲一連幾天沒出去。

社會認為恐怖分子是令人無法過正常生活的兇徒，那麼說，王某也算恐怖分子。

幸虧這是新居？

女工來收拾地方，看到門口地下一大堆煙蒂，分明有人蹲在那裏整夜留下，這人竟在門外蹲着守夜。

雷聲連忙着傭人掃清，並且聯絡管理處，做守衛甚嚴的管理員竟瞠目不知何人何時潛入。

王這樣千辛萬苦為何。

不過一個女友而已。

都會千千萬萬標致女子，更年輕更漂亮整街都有，他又沒有犧牲十載青春、大筆金錢，他與她又不算患難之交，有不可磨滅歷史。

偏偏他要為難她。

雷聲不忿。

周揚那邊得到消息。

司姐不放心，悄悄與他通消息。

周揚沉吟，「是我之前還是我之後。」

男人與女人都固執這個問題。

「四萬年前的事。」

他信任司姐。

司姐接着把王的背景告訴周。

他已知道該怎麼做。

也不知會雷聲，他與熟人在一間私人會所喝兩杯，解決問題。

周這樣說：「是我的小姨，遭你手下這位伙計纏擾，他持有槍械，年輕女子嚇得臉色發綠，他們之間，其實並無親密關係，相識不過數月。」

朋友把王的姓名編號記下。

周添一句：「警隊的事，一榮俱榮，一衰俱衰，鬧開不好看。」

「放心，幾時再與你打籃球。」

「正想託你洽辦商界與警員友誼賽籌款。」

「沒問題，請與敝公司公關組聯絡。」

那位王先生，翌日後便被派往內地某三線城市交換學習一年。

周知會司姐，「聲臉色差不多已恢復正常。」

司姐放心，她與雷聲有一份奇異友情。

「你要好好對待這女子。」

「能做的都做了。」

「還差一紙婚書。」

「司姐，你也是那樣的人？」

「是。」

「雷聲都不稀罕。」

「錯。」

周揚想，莫非他錯估雷聲，莫非她同世上所有女性一樣，結婚二字，在她們胚胎時期已經蝕刻在腦細胞中。

他小心翼翼問她：「如何看婚姻。」

雷聲一怔微笑，「這是試探我。」

「想聽你說真話。」

「真的假話，還是假的真話。」

周揚啼笑皆非，「實話。」

「實話實說，目前真沒想過結婚，只想每早起床，對鏡梳洗，照見自身，說一句『今天很愉快』，你想想，結婚為什麼，不過是為着地位更加牢靠，雙方一起坐牢，些微自由也無，時刻交心——」

周揚忽然截住她，「明白。」

「真確明白？」

「立刻籌備我倆婚禮。」

「什麼，喂，喂。」

周揚快活大笑。

他調派三個助手幫他策劃婚禮。

司姐極之高興。

「司姐，你做證婚吧。」

司姐料不到周揚如此天真，「周先生，我不適合。」

周輕輕說：「是你嫌棄。」

司姐感動，雷聲終於轉運，周是個人物，「我做賓客就很好。」

她看過一幅畫作，是墨西哥女畫家費達卡路自畫像，畫中的她神色平常，胸口剖開，雙手捧着她滴血的心臟奉獻。

司姐突有絲毫不吉之兆。

一個人，那樣仆心仆命對另一人，她覺殘忍。

婚禮助手把雷宅當大本營，婚紗雜誌堆得比半個人高：「釘珠」、「雪紡」、「不，象牙色緞子」、「問新娘自己意思」、準新娘答：「我不打算穿裙」、「什麼？」

又研究該請什麼菜，「西菜」、「拿上來都冷了」、「中菜千萬別吃魚翅乳豬」、「用茶點可好」、新娘答：「沒想過要請客。」

那，是否私奔。

「到外國註冊，哪個國家」、「查一查何國手續最方便」、「美加州離婚財產得分一半」、「閉上你這烏鴉嘴！」

雷宅從來未曾這樣熱鬧過。

雷父來取零用，見一室標致女，頭上都戴婚紗，好不訝異，「誰，誰結婚。」

她們異口同聲答：「雷小姐呀。」

雷父有點糊塗，「你與阿張，不是已經籌備過婚禮？」

雷聲面孔陰落。

過半晌她說：「今日到此為止。」

她們離去。

雷父問：「阿張人呢。」

雷聲把現款塞到他口袋，「回去吧。」

「喂，你說一聲，什麼時間地點，我是你父親，我要佔三十桌。」

雷聲把他推出門。

她獨自坐着發獃。

周揚進來，把手擱在她肩上。

雷聲的力氣彷彿又回轉。

「你猜這間屋子可夠住」、「夠了，豪宅不好佈置，多數做得似廟堂，兩個人剋不住」、「擠着的確親密點」、「仍然不要家具」、「留白」、「正合我意」。

其實周揚已經完全沒有意見，他唯一要求是雷聲在他身邊。

有些女子，就是有如此魅力，她沒想要控制他，但他服從她已有無比歡欣。

籌備進行十分緩慢，今日推翻昨日設計，明日又更改今日計劃，遲遲得不到結論。

兩人樂在其中，助手與秘書都吃不消，「不如先跑外國註冊算數。」

根本就是，其餘的，都是繁文縟節。

一日，周揚上班，發覺同事聚在大門內掩鼻鼓噪，助手見他迎上說：

「周先生，門外被人潑滿髒物，已經報警，請走側門。」

周相當鎮靜，叫來保安部。

「周先生，對不起，我們疏忽。」

「抓到人沒有。」

「尚未，看過錄影帶，已有眉目。」

「快叫人清潔。」

「明白。」

同事一直議論紛紛。

周揚一看保安錄影，便知是誰。

陰魂不息，又回來了。

大堂兩個女同事議論：「老闆得罪什麼人」，「真無聊，時間精力用在這種事上，本市最低工資不低，坐在後巷替餐廳洗碗，也可餬口，做得妥當，還能升級」，「浪費生命。」

說得真好。

但有些人，越走越偏，鑽到極狹石隙，進退兩難，卡死在那裏。

保安員發散手下，又求助私家偵探，第二天就找到人。

「此人已向警隊辭工，如今無業，每日在大廈門口張望，不知目的為何，周先生如何發落。」

「門口是否還有臭味？」

「已找專人辟除。」

「狠狠打一頓，叫他起碼半個月不能走路。」

保安有點詫異，從未見過周氏如此動氣，但即時答：「明白。」

任務很快執行妥當。

有經驗保安員郤略為忐忑：每個動作必有反應，以後更加小心。

大半月過去，沒有事發生，都市紅塵滾滾，很快把不愉快事沖淡。

周氏並沒有把事情告知未婚妻。

他們終於決定用自助菜，與酒店專員開會。

助手說：「十種甜品，包括精製陳皮紅豆沙及巧克力蘇芙厘，都放另外一張桌子。」

「主菜一定要龍蝦、海王蟹、烤牛肉、橙鴨，湯水不能少，冬瓜盅！」

周揚笑，「吃死算了。」

大家高興得不得了。

廚師進來說：「周先生，三天後試菜。」

回家，雷聲與助手選定服飾，「不能再拖」，尤其是多件賓客回禮，訂製需時。

看過多款珠寶，雷聲都微微搖頭，助手們戴起首飾走來走去過癮。

忽然有人看到一款鑽石頭箍，「噯，這適合雷小姐。」

「請問有誰知道 Crown 與 Tiara 的分別。」

「T是女子專用頭飾，C是皇帝或女皇所戴冠冕。」

「還有T只得半圈或四分一圈，皇冠則像整頂帽子。」

「嘩，一百分。」

她們替雷小姐戴上鑽箍。

雷聲輕輕說：「會不會誇張。」

「周先生說你配，你便配。」

說得也是，以後，只問他一個答應。

她們離去。

雷聲找周揚，原來他在房內裸背伏着身子盹着。

新中年的他身上有肉，背上皮膚多痣或雀斑，雷聲一時好玩，用筆把點與點連起，畫成大小北斗星、天秤座、雙子星座……

深覺有趣，哈哈大笑。

笑醒周揚，「什麼事如此高興。」

一照鏡子，啼笑皆非。

兩人這樣無聊也可過一個下午。

到酒店宴會廳試菜，深覺滿意。

秘書看過價格，不由得笑說：「這是一個孩子的教育基金。」

雷聲與周揚並排擠坐在一張椅子，只是笑。

就在該剎那，迅雷不及掩耳，宴會廳雙門被人撞開，一個男子衝進。

電光石火間，雷聲認出男子顏臉。

「誰」，「什麼人」——

男子自懷中掏出黑色物件。

剎那間雷聲伸展雙臂擋住周揚，接着，她聽到槍聲，先是耳膜震鳴，然

後胸前劇痛。

跟住，第二槍響起，周揚頭臉被擊中，濺雷聲一面血，她緊緊握着未婚夫的手，失去知覺。

宴會廳其餘人等目瞪口呆，連驚叫都不會，看着兇手把槍嘴放進嘴巴，開了第三槍。

保安人員奔入，嚇得發呆，他們平時只管些醉酒鬧事之類，並無見過如此場面，半晌才有人叫「報警，報警！」

救護人員抬起雷聲與周揚之際，發覺他們兩人嘴角上彎，還沒笑畢，悲劇已經發生。

他倆進醫院搶救。

主診醫生一貫鎮定，他對警方說：「不由你不信，都說玉器可以擋災，槍彈正中女傷者胸前配戴玉墜，它擊成碎片，但剛玉堅硬，卸卻一半衝力，彈頭還是射穿肋骨打中右心室，差半公分到大動脈，救回傷者一命。」

他停一停，「男傷者比較吃虧，他左邊臉下端全失，即是說，炸掉四分一面骨，可以說是毀容，如此嚴重面傷，只有在戰爭中才能見到，活命可以，可能無法完全康復。」

警員默默記錄。

「兇器在現場檢獲，兇手當場死亡，目擊證人全部需接受心理治療。」

警員這樣說：「有證人說，兇手與準新娘並無親密關係，不過約會過數次，不知何故看不開，鬧出人命。」

「心理醫生說，他日夜不甘心，替自身不值，終於入魔，深信非如此不能解除痛苦。」

「怎麼對得起親人。」

醫生把情況簡化來講。

司姐與助手趕到醫院，看到雷聲，見到瘦削的她在聞氧氣，身上搭滿管子，上身並無衣物，只綑紗布。

司姐顫抖，她已知雷聲右胸一口洞，只用膠板封着，隨時再做手術，右手尾指因替周揚擋槍，失去一節。

司姐不覺得雷聲有生氣，她泣不成聲，她不服氣，不過是一個伴遊女，命運也不放過，非要置她於死地，不讓她過日子。

她試圖見周揚，發覺他家人已把他轉到另一家醫院。

醫生說：「情況穩定之後，周先生會到史坦福找著名矯形醫生。」

司姐氣煞。

這段婚姻，已經告終。兇手目的終於達到。

司姐泣不成聲。

過幾日，還在病床邊飲泣，忽然聽到微弱聲音：「哭什麼，別哭，司姐，別哭。」

雷聲甦醒。

司姐索性放聲大哭。

看護搶進說：「病人已可活命，不要嚇着她。」

司姐控訴：「女子的命。」

看護忽有所感，站一角，淚盈於睫。

雷聲美麗的胸膛只餘一半。

這時，有人敲門，「我是周揚的律師。」

走進病房的竟是熟人，她是殷律師。

司姐替她端一張椅子，她坐下握住雷聲手。

片刻，自公文袋取出那枚閃閃鑽冠，「這是警方歸還證物，玉佩已成碎片，能拾回的全在這隻塑膠袋裏。」

雷聲默不作聲。

「周先生已經赴美求醫，他不會再回來，一切饋贈之物，均屬雷小姐所有，願雷小姐好生休養。」

雷聲沒有反應。

過一會，她問：「幾時可以出院。」

殷律師輕聲回答：「費用由周氏全部負責，醫生希望你多耽一會。」

雷聲點頭，閉上雙目。

殷律師告辭，司姐送出。

司姐喃喃說：「一宗如此，兩宗也如此。」

殷律師握住她手，她知道，兩單案子都由她辦理。她們互相叮囑：「好好看顧雷聲。」

雷爸再次出現。

比前些時候蒼老，卻更加有趣。

他不知是否認得殷律師，趨向前，遞出幾本書，「指教，指教，這是新出版的拙作。」

殷律師恭敬接過，一看呆住，手上的書是精緻英語版，作者是金庸。

她驀然抬頭，雷老先生需要看精神科醫生。

「女兒呢，雷聲在嗎，唉，自小最疼愛是她。」

雷聲慢慢走出。

雷先生見她，忽然生氣，「你怎麼在這裏，看你，又老又衰，一臉病容，莫嚇着女兒。」

他誤把雷聲當作老妻。

喝過熱飲，他臉色緩和下來，這樣說：「你母親喜歡種花，這房子好，有露台，幾時給我們搬進。」

雷老很明顯已有認知障礙。

雷聲充滿哀傷，「爸，我替你找醫生。」

他暴喝一聲：「要換換樓！」

雷聲被吆喝震住，殷律師見她臉色發白，連忙扶住。

「雷先生，你先回去吧。」

他繼續大嚷，「阿張呢，叫阿張接我。」

雷老離去後，殷律師説：「我會找人跟進。」

雷聲卻不擔心，給他錢，他會安靜。

她喘氣。

胸前修復手術做了整整一年。

受傷後她再也沒有見過周揚。

她也從不提及他的名字。

每次修補手術，都十分痛苦，雷聲甜美面孔開始扭曲，背脊佝僂，圖望舒緩痛楚。

一進醫務所，毫無尊嚴可言，裸身讓醫生檢驗，像一具標本，或是一具雕塑，看何處還可以動手動刀，以求恢復原貌。

三個醫生，一個看心臟脾肺，另一個看皮相，還有一個心理醫生。

三個醫生都是年輕男子，不苟言笑，實事求是，對病人不露特別同情。

雷聲不大看他們面孔，一直低頭不語，盯着醫生們的球鞋。

看護交談：「從沒見過那樣滑膩光致皮膚，像古詩人形容的凝脂」，「最美的身段比例，無瑕可擊」，「天妒紅顏」，「右胸損毀看陸醫生能否巧奪天工」，「應不成問題」……

補青天那樣，裝置妥人造肋骨，縫合，左胸平坦，有×型疤痕。

看護安慰：「陸醫生會做得完美。」

讓雷聲看電腦繪製圖片。

殷律師問：「會有感覺否？」

看護微笑，「要求就不能過高了。」

「雷小姐，你試試適量運動，每日散步是上佳選擇。」

殷律師陪她。

雷聲這才醒悟，律師按時收費，這一切，怕不是免費。

上斜坡，發覺殷律師用手杖。

她深意說：「上斜還可以，落斜，一定靠手杖。」

開始，雷聲氣喘，腿軟，膝瘦，不到一月，已無問題。

殷律師低聲說：「一切費用，由周氏支付，他覺得你捨身為他擋槍彈，十分感激。」

「他還好吧？」

「他的傷口，比你複雜得多，半邊面孔神經知覺全遭破壞，視力受到影響，修補後假面就是假面，一眼就看出。」

雷聲不出聲。

「不過，社會都知道，男子最怕窮酸，外貌不妨。」

雷聲仍然無語。

「他曾是那般英俊的人。」

雷聲答：「不礙他的航運事業。」

殷律師是明白人，她沒有問他倆會否再在一起。

「雷小姐，你有何計劃。」

「養病。」

左胸終於修復，拍照、近觀，都像真的一般，連觸摸都不覺分別，只有傷者知道，假得像真的也仍然是假的。

司姐嘆息，「雷聲你如從此不談戀愛就可活一萬年。」

殷律師雙眼看天空，「戀愛不要緊，千萬別想結婚。」

雷聲由保母陪同，往法國普羅旺斯省葡萄園附近租一間小屋住下。

這間小屋地理極佳，隔壁是一間小小修道院，它有附屬小學堂，早晚僧人低聲吟唱，中午孩子們琅琅讀書，別人會嫌吵，雷聲躺在帆布床上，雙臂枕頸下，聽得十分歡暢。

保母問：「洋和尚唱什麼？」

「拉丁文，大約是人生愁苦，望聖母救贖。」

「聽着倒是舒服許多。」

是的，像是聲聲嘆息，代信眾出聲。

孩子們讀課文，唱歌，雷聲當安魂曲，太陽溫暖照臉上，隱約聽到 grand loup、petits cochons，一定是大惡狼與三小豬故事。

雷聲莞爾。

保母在後園種小白菜，收穫甚豐，吃不完，送到修院，僧人回她自家製葡萄酒。

不回去了。

一蹉跎竟半年。

她曬得黑黑，像南歐人。

保母已學會步行到市集買薰衣草乾花給雷小姐做安寧枕。

這樣下去也不是辦法。

殷律師召她，「回來看看雷老先生，他健康有問題。」

「他為何是我責任？」

「已經揹那麼久，快完場了。」

雷聲只得回家。

她讓保母多做幾隻薰衣草枕頭做禮物。

殷師一見笑說：「本市處處有得賣。」

真沒趣。

探望老父，他正發脾氣，「這種隔夜釘子飯吃穿腸胃你毒死我！」

雷聲走近一看，是蛋白炒飯，她正肚餓，拿起碗筷吃半碗，又喝雞湯。

不料雷父把整碗湯潑向女傭，女傭哭泣躲避。

殷律師示意要送療養院。

雷聲坐下問老人：「你是作威呢，還是裝瘋。」

「我要做全身檢查。」

雷聲朝殷律師點點頭。

雷父咆哮，「阿張呢，叫阿張接我！」

殷律師吩咐助手辦事。

療養院護理員很快到達，把雷老請走。

助手忍不住說：「若我老後也如此，怎麼辦。」

殷律師答：「你不會，你沒有孝順女兒。」

雷聲別過頭，「也許，我也有那種遺傳。」

「我同你都會是到了年紀自動聯絡殯儀處預先付清所有款項決不麻煩任何方面那種人。」

說得好。

助手做出咖啡，坐着聊天。

「人生到底什麼意義。」

「Full of sound and fury, signifying nothing.」

「大家再喝一杯。」

助手說：「雷小姐你曬得那樣黑不知還可否白回來。」

雷父住的公寓騰空，由殷師代為出租。

「聽說你學會煮好幾味法國菜，幾時讓我們一嚐。」

「我只會做雜菜鍋。」

「這種菜最考工夫，放多些我喜歡吃的茄子。」

「就我，你，司姐，三人哪吃得整鍋。」

「我找幫手。」

雷聲訂一張巨無霸大理石枱面，足足八乘十呎，做菜、寫字、做功課，全是它，不知怎地，人人見到都嘩一聲，其實不算奢華。

雷聲做三道菜：雜菜湯、羊架、及蘇芙厘。

整張龐大桌子堆滿器具食材，司姐來到，嚇一大跳，「誰還敢煮食。」

她取出替雷聲保管的鑽石頭箍，還給主人。

雷聲沉默一會，戴到頭上。

司姐又取出一條項鏈，鑲工奇特，用白金把不規則大小翡翠鑲邊，照原本自然形狀串起，也不加以琢磨，雷聲一看便知是那塊玉墜碎片，虧得設計師極佳心思。

戴在雷聲此刻微褐色皮膚上也相當美觀。

雷聲微笑，「沒有遺憾了。」

「菜都做好，律師怎麼不來。」

「她去接一個醫生。」

「我已很久不見陌生人。」

「不妨，殷師有分寸。」

「司姐，五月花生意好否？」

「實不相瞞，我打算把公司結業。」

什麼。

「雷聲不如你來接手。」

雷聲不安，彷彿似聽見娘家要關門。

一時失神，險些烤焦羊肉。

「今日女孩子不講義氣，見一次面，自己出面招待，叫人客省下佣金，公司吃西北風。」

雷聲不響。

「況且，商業罪案調查組上來幾次問業務詳情。」

雷聲怪同情。

「看到我的手袋，閒閒問售價。」

司姐有隻極名貴鱷魚皮手袋，H牌，鑲鑽石扣，大抵就是它。

這時門鈴響起。

一開門便聽到殷師聲音：「香聞十里。」

她帶着一個高大年輕人，面貌端正，不過，一雙眼睛活潑，看牢雷聲。

雷聲知道自己打扮古怪：頭上戴閃亮首飾，身上繫廚娘圍裙，因此笑笑，不作聲。

「可以吃飯，請洗手。」

雷聲覺得年輕人顏面有點熟悉，殷律師為什麼不介紹。

大家坐下，雷聲取出一桶冰啤酒，司姐問：「可有香檳。」

雷聲一怔，香檳還是周先生抬來，她取出兩瓶冰鎮。

年輕人吃相當多，尤其欣賞略焦羊架，他要多一客甜品，真是盡興。

飯後雷聲也不招呼客人，到露台看海，殷師與司姐進房商議不知什麼。

年輕人走到她身邊，「你不記得我。」

雷聲一怔，歉意抬頭看他。

「那只有好，我是陸醫生。」

啊，怪不得。

雷聲一時找不到解釋藉口，竟忘記侍候她半年的醫生。

「看到你恢復健康真是高興。」

表面上是這樣啦，不能辜負關心她的人。

「聽說你到陽光之地度假，十分見效。」

正是，一大群可愛小朋友的歌聲與讀書聲陪她。

「胃口好似還不太好。」

講的，都是醫生話語。

「殷律師是我表姑，即是家父姐夫的妹妹。」

真好，滿滿一屋子親戚，陸醫生自小到大，想必是幸福小青年。

「殷師讓我探望過令尊。」

不知可有送醫生一本著作。

「他贈我一冊徐志摩詩集，寫了上下款，讓我指正，他患柏金遜症，故有輕度智障。」

沒有向醫生拿錢吧。

「恐怕一時間不能離開療養院，你一定擔心他。」

不，雷老那樣其實對他自身有益，痛心的只有親人，他瘋瘋癲癲，毫無損失，勝在有能力住療養院。

「有朋友探訪，還能一起打沙蟹。」

這正是雷老。

她們這一代呢，不能哭不能鬧，怕招致更大侮辱，一定要保住一張臉皮，餘生才能做人，故此人人患抑鬱症。

「噫，怎麼一認出我就不説話？」

「唉，那時，你戴着口罩。」

「不，我手術室外從不戴口罩。」

「你穿球鞋。」

「我穿皮摩卡臣。」

越描越黑。

「我視力欠佳。」

殷師叫他，「小陸，我們走了。」

「我——」

「還有事做，改天再來。」

小陸鼓起勇氣，「我還想喝杯咖啡。」

連在收拾桌面的女傭都微笑。

兩位師姐交換眼色。

女傭說：「我立刻去做咖啡。」

殷師說：「主人累了，你馬上走。」

「明白。」

她們離去。

在門口：「你看怎樣」、「小陸太嫩」、「沒有希望？」「說到希望，太過淒涼」，「那麼，聽其自然」，「真是，誰不是聽天由命」。

那邊雷聲撫撫手臂，「曬成黑炭。」

「這些日子，一直記掛你。」

「那麼醜的胸前大洞，醫生倒是不怕。」

「嗯，只怕你不能振作。」

「我長着犀牛皮，側側身子，又捱過一關，沒事。」

小陸點點頭，「我——」

雷聲誠懇地看着他，「我想你知道，我一顆心已死，一萬年後也活不轉。」

醫生一怔，以前，人們只說十年長十年短，雷小姐恁地誇張：一萬年！

「你懂嗎？」

醫生有點牛脾氣，「不懂，診症時已經看慣你臉色，不怕。」

「醫生與警方都知道我的事。」

小陸點頭。

仍然不怕？

「我知道你已取消婚禮，此刻自由身。」

說得如此坦誠明白，雷聲攤攤手。

她不好說，她是個災星，怕影響醫生前程。

他喝完咖啡，「明早，我們一起緩步跑運動。」

雷聲婉拒，「我早晨起不來，本市又長期缺乏醫護人員，你哪裏有時間。」

「我七時按鈴。」

「喂，拜託——」

他已微笑站立離去。

女傭若無其事說：「我明白，為你們準備早餐。」

都像約好似。

雷聲站到他面前，斬釘截鐵，「記住，只是朋友。」

這話，彷彿講給她自己聽。

每日清晨跑步，半小時後他往醫院，她倒床上補一覺，開頭，跑得腰痠背痛，百分百要放棄，轉念，這是個大好機會，於是往藥房選購護膝護腰，咬緊牙關做，不久，氣練上，順利不少。

每早，陸醫在她家早餐，吃很多，他稍後透露：醫生一直懇求病人多吃蔬果之類，他們自身苦哈哈，當完十二小時更還未能下班，就以濃咖啡甜圈餅提神，非常不健康。

女傭聽見，做麵食及餃子給他吃，又做排骨飯小白菜飯盒給他帶走。

陸醫找到理想飯堂。

女傭說：「陸醫生懸壺濟世，人長得端正，你倆若結婚，我願意繼續服務。」

雷聲聽後嘆口氣。

下午，他陪她探訪雷老。

雷老未至耄耋，但健康情況較差，他患肺炎，白髮蒼蒼，神情萎靡躺床上，醫生說無礙，休息一下就好。

他用放大鏡瞇着眼睛讀小說，邊看邊寫，說是修訂舊作重新出版。

看仔細，他在逐句抄錄魯迅的狂人日記。

看到雷聲，抬頭示意，雷聲剛有點高興，他卻說：「你來了，蓉兒呢，靖兒呢。」

雷聲坐在床邊不語。

「唉，」雷老又說：「我的強項是創作，手與腦都停不下來。」

雷聲見陸醫站得遠，輕輕問老父，「我是什麼人，還認得否。」

雷老盯住她看一會，氣鼓鼓說：「你欠我債。」

是的，借一百元，還了十萬，仍欠百萬。

「這裏伙食太差，冷飯炒一炒第二天又拿出，老是荷包蛋，多膽固醇，有礙健康。」

雷聲點頭。

「茶一斟上就涼，你替我買十隻八隻保暖杯；還有，行李篋破舊不體面，另外買套新的輕的。」

雷聲又點頭。

他忽然看到她的手，驚呼：「你怎麼斷了一節小尾指，好可怕。」

雷聲只得離去。

在門口回身看一看，只見雷老又開始全神貫注刪增那篇著名小說。

她問看護：「可有朋友探訪他。」

「只有一次，彷彿是個書店老闆，問他收藏着什麼書，願意收買，談得相當開心，接着，再也沒有人。」

雷聲到老父舊居，新房客要求收拾雜物。

四處一看，只見幾件舊衣物，零零碎碎一些書本，有些扉頁還寫着什麼什麼先生仁兄學長指正等抬頭，雷聲坐書堆不語。

快到盡頭了。

她耽一會離去。

門口遇見管理員向她説：「恭喜發財」，她沒有預備紅包，給一張鈔票。

孩子過年收到紅包，母親必定收為己有，不孝女雷聲抱怨，母親只得拆開驗看，十元的換一元才還她。

這樣逐隻角子扣。

忽然聽見背後有小販喊賣：「蘭花豆腐乾，芝蔴醬牛肉……」

啊，這熟食小販，時間彷彿沒有過，她少年時，他也時時在門口兜售。轉頭看，是個小青年，看樣子是子承父業，趁過年出來撈些外快。

他附近有販賣熱粟米、烘番薯、燴牛雜，十分熱鬧。

雷聲逐檔買來吃，但是無論如何，不及幼時味道，無論什麼食物，都是孩提時最美味。

回到家，陸醫焦急：「去什麼地方，急壞人，又從不置電話。」

「到童年逛了一圈。」

他一怔，「幾時也帶我去。」

「那是私人樂園。」

「可遇見曾欺侮你的小同學。」

「下次或許，得帶一枝壘球棒護身。」

「你童年可愉快。」

雷聲從未與任何人包括司姐談過她的童年。

「乏善足陳。」

「用三句話總括。」

雷聲想一想，「父母不是壞人，但太忙着做他們自己，沒理會我的需要。」

「啊，會否是敏感的你想多了。」

雷聲搖頭，「成年後我確實明白我並非過苛。」

「家母剛相反，她活在子女身上，中學暑假，我往歐洲旅行兩週，她擔心得瘦十磅。」

兩個世界的人。

「同學叫我烏托邦兒童，母親每週叫人送補品給我，他們調侃我功課由燕窩補成。」

雷聲那時也有一個女同學被母愛燉湯補得一臉小痤瘡，她煩惱得把燉品分給室友。

「其實手術室生涯甚為吃苦，病患者皮開肉爛那樣進來，得切除縫補送出康復，每次不治，醫生都有切膚之痛，但是，又心甘情願在大學醫院工作，因可接觸群眾。」

那是他的理想。

「可否告訴我，雷聲，你不用工作，但生活豐足，何故？」

光是父親住在舒適療養院便是一筆數字。

陸開始尋根問底。

還好，他直接問她，而不是四圍打探。

她輕輕回答：「我承繼過兩筆遺產。」

陸醫沉默，他努力壓抑好奇，雙眼看到別處。

當然，送禮的，不會是女子，但雷聲不想說太多，她的經歷壓力，累她一人已經足夠。

她伸一個懶腰，「累啦。」

整天空着無聊，最能叫人疲倦。

陸醫說：「有一個地方讓你解悶。」

那是何處，五月花怕她們悶，曾聘請舞男教她們跳交際舞，還有，辨別各種酒類。

陸醫把雷帶到嬰兒特別護理室。

一看就知道那班特別瘦弱有些還聞着氧氣的嬰兒比雷聲更不幸。

他們有病。

並不吵鬧，哭也要有力氣，都奄奄一息，小小身子上搭滿管子，睡保護箱，沒穿衣服，無任何尊嚴。

看護讓雷聲套上帽子袍子。

陸醫說：「半小時後接你。」

看護帶雷聲進去，走到一隻箱子前，「今日輪到小乙，請你坐好，我將他抱出。」

那小乙不比一隻貓大很多，看護熟手連管子帶嬰兒放到雷聲懷抱，雷聲一額汗。

「抱緊胸前，哼一首歌，微微搖動，小乙十八歲母親在戒毒所，他是最小癮君子。」

雷聲震驚。

是的，有人比她更不幸。

她把嬰兒摀緊，輕輕唱：「明月幾時有，把酒問青天，不知天上宮闕，今夕是何年……」

看護聽到，都微笑。

雷聲輕輕撫摸嬰兒細小手臂。

忽然之間，嬰兒牽動嘴角，微笑。

雷聲再也忍不住，淚盈於睫。

啊，都擠到這世界來幹什麼。

看護走近，「知道你在想什麼，來，餵奶。」

給她一隻不比針筒粗許多的奶瓶。

雷聲輕輕把奶嘴放到幼嬰嘴邊，他立刻醒覺，用力吸啜，小小手指搭到瓶上。

啊生存意志力如此強大，雷聲落淚。

看護說：「不哭不哭，不要憐憫，只要服務，小乙長大自有運程，做個社會上有用的人。」

雷聲答：「是，是。」

其他的志工也點頭贊成。

半小時後陸醫來接，雷聲依依不捨。

那小乙的乾瘦小臉刻蝕在她腦海，「唉。」她說。

「你可以每天看他。」

「他幾時可以出院。」

「已有領養父母自美加州趕來，不過，他體重要待超過四磅才能出院。」

雷聲默不作聲。

自此她彷彿與陸醫走近一步，她仍然十分警惕。

一日，在酒店大堂喝茶，陸醫喜歡該處的黑森林蛋糕用真正黑櫻桃製作，吃下一塊，又來一塊。

正享受，忽然有一時髦打扮女子走近，俯身，在陸醫耳邊細語 deja vu。

雷聲剛想說：小乙彷彿胖一些……見陌生女，住聲。

啊歷史重現，上一次，也有一個女子，走到她男伴身邊說壞話，導致悲劇。

這次，雷聲氣忿，不可以再示弱，不甘心默默忍耐。

她霍一聲站起，提起聲音：「你是誰，知不知禮貌，這是我的男伴，你有話說，約他改天出來，當下，請勿騷擾！」

那女子抬頭看牢雷聲，一雙碧清大眼也有怒意，亦並非省油的燈。

她開口：「我是他姐姐，不能與弟弟講幾句？家母在那邊桌子，想請你們過去一下。」

雷聲意外瞠目。

這時，陸醫拉起雷聲的手，這樣說：「下次，同媽媽說，下次再約。」

他不顧一切，把雷聲放第一位置，拉着忽忽離開茶座。

上車之後，他也尷尬，沉默不語。

「請送我回家。」

「幾時放棄用這『請』字。」

「送我回家。」

「他們老派規矩才叫你過去說聲好。」

來了，一定還是幫家人。

雷聲緩緩答：「我倆交情，還未到見大人地步，你不開車，我便下車。」

「你可是見我與別的女子說話不高興。」

雷聲吁口氣，開門下車，叫街車。

陸醫追上，拉住不放。

雷聲不想街上拉扯，只得讓他也上車。

到了，他說：「無論對錯，都是我錯。」

「今天乏了，你讓我休息，我這半邊人還在養病。」

「聲，我與你的關係，難道如此經不起考驗。」

雷聲輕輕答：「我與你之間，沒有任何關係。」

連朋友都不好做。

雷聲一個箭步下車。

女傭見她氣色非比尋常，不好開口，只斟上熱茶。

這時門鈴響起。

「不要開門。」

「小姐——」

「我說不要開就不要開。」

「門外是兩位女士。」

雷聲一怔，明敏的她頓時明白如此囂張是什麼人。

更加不能開門放她們進門。

這個年紀，雷聲已經不見不想見的人，不講不想講的話。

兩個女子不停按鈴。

女傭忍不住說：「我們會報警。」

這時雷聲已經洗了把臉，她攏攏頭髮，開門。

「恕不能在窩居招待你們，找個公眾地方說話吧。」

女傭忠心，「雷小姐，我陪你。」

雷聲揮揮手。

她們三人走到附近小公園坐下。

「兩位，有何話說。」

「你與我們家陸順是何種關係。」

「沒有任何關係，你們太過緊張，當心造成反效果，他是受過高深教育的成年人，他自知取捨，茶座一事，是我失禮，我誠懇致歉。」

母女倆愕然，滿以為有一番爭持，不料對方先打退堂鼓。

雷聲攤攤手，站起，準備離去。

陸小姐乘勝追擊，「講過的話要算數。」

雷聲覺得她不知進退。

「你答應以後不見陸順。」

雷聲忽然微笑，茶花女是誰的著作，大仲馬抑或小仲馬。

「行，以後不見面。」

母女更加意外，本來預備糾纏一番，沒想到順利至此。

「雷小姐，別怪我們，你的名聲……聽說兩位前未婚夫一死一重傷。」

陸母想制止女兒說話已經太遲。

雷聲仍然平靜，「你倆不必擔心，此事已經解決。」

她站起，抖抖衣衫，像是把不快與過去抹清，她到附近咖啡店小坐。

這時陸醫生也趕到，氣急敗壞，「你們母女太叫我失望難堪，你倆都是大學生，如何做出這種失禮的事，今日你倆所作所為，會永遠留下傷痕，這同用刀插人有什麼分別，為何你們會如此魯莽失禮，我永遠不要再與你們說話。」

「陸順，你在氣頭上——」

「我只是悲哀。」

他拂袖而去。

雷聲在飲冰室吃足三客冰淇淋。

回家足足睡十小時。

奇怪，她最想念的人是醫院育嬰室嬰兒小乙。

育嬰室看護找她：「雷小姐，小乙將隨養父母赴美，你可要過來道別？」

院方真是體貼。

「我想不必了，祝小乙前途似錦。」

「育嬰室十分感激你，我們還有其他嬰兒需要幫忙。」

陸醫生沒有再聯絡雷聲。

大抵也覺氣餒，至親做出如此沒臉沒皮的騷擾行為，他還怎麼見人。

想想也是，他如何克服雷聲過去經歷，如此高山，實難攀過。

陸醫努力工作，於急症室擔大旗，時時兩日兩夜不休息，等他氣平之後，已瘦兩個圈。

再與雷聲聯絡，女傭冷淡地答：「雷小姐已往外國求醫。」

事實上雷聲尚未起程，她抽空探訪父親。

雷老身子不差，思維卻日益混亂。

最令雷聲訝異的是，雷老竟在療養院舉行說書會，且座無虛席，連工作人員都坐着靜聽。

雷老說的是三國中桃園結義。

他說得莊諧並具、化繁為簡，十分精彩，聽眾熱烈鼓掌。

另外一天，說水滸傳裏武松打虎。

武松是個苦命人，講到他與武大郎聚頭，雷聲不禁落淚。

雷聲沒想到父親有此天賦。
與醫生說話：「以他那樣，可活至多久。」
「有人活至八十多歲。」
醫生沒說是好事抑或壞事。
他已不認得女兒，也不再提錢銀之事，好似已經釋放，亦不知是好事抑或壞事。
雷聲到美國檢查身體，司姐堅持陪她。
五月花已經結業，她想旅遊，其實是雷聲陪她。
雷聲在史丹福醫院檢查，當地醫生說：「手術無瑕可擊，雷小姐只是不適宜做劇烈運動，小心生活，雷小姐可活至耄耋。」
司姐問一句：「可懷孕生子否？」
「可生五胎。」
大家都笑。

司姐到處看房子。

房屋中介說：「已經漲上三五倍，華人，說什麼都比較喜歡旺區，選看到華文報、吃得到雲吞麵的地方，說實話，北美最適合華人居住城市是溫哥華，已經擠爆。」

司姐問：「漲到何種地步。」

「廿年前六十多萬，此刻六百多萬還只是一塊地皮，新屋再加一倍。」

「這麼瘋狂，會否是泡沫。」

「至少是一間可住可出租的泡泡。」

雷聲一點興趣也無，她的要求不同，只要有瓦遮頭，不被人逐出睡街即行。

「這麼說來，加州地產還是值得吸納。」

「司小姐置一間有海景公寓房子最適合。」

雷聲打哈欠。

房屋中介嘻嘻笑。

司姐說：「聲，我們往溫埠看房產。」

「我不去。」

聽說溫埠若干區域不用講英語。

中介說：「我反正要北上，我駕車送你們。」

雷聲按住司姐，「你真打算在北國住下？」

「有此意思。」

「我將往倫敦繼續讀了一半的學業，你若喜歡霧都，可以一起。」

中介倒吸一口冷氣，「倫敦！」

「便宜一些。」

「火地島與天不吐還要廉價。」

雷聲忽然大笑。

她獨自往倫敦，司姐答應探望，保母願跟，被雷聲一一拒絕。

保母對司姐說：「好好一段婚姻……」

司姐答：「不是你的，就不是你的。」

「差那麼一點點。」

「擦身而過。」

「真叫人難過。」

「雷小姐為什麼不忍一忍退一步海闊天空。」

「退一步？人家會步步相逼，長此以往，不是辦法，一定要有立場。」

「司姐恕我不懂。」

雷聲又開始獨身生活。

租妥房子住下，發覺窗外樹枝已長出新芽，年年難過年年過，又是春季。

她聯絡到學校，說明來意，想重拾丟下功課，校務處隔三日才聯絡她：「雷小姐，你的情況有點複雜，系主任史葛米教授約你明日上午九時面談。」

「不是美敦教授嗎。」

「美教授於一年前退休。明早請準時出現。」

雷聲滿心疑團。

第二早不敢怠慢，準時去到學校。

漫天霧雨，半身濕透，她敲門進主任室。

不知恁地，沒人開燈，一室昏暗。

她站着不動。

坐寫字枱後邊男子沒叫她坐，沉聲說：「你這種學生，讀書讀到一半無故失蹤，害一向嚴謹的美教授受到質疑，你此刻居然夠膽重新出現，還厚顏要求什麼？繼續學習？居然有信心重拾三年前掉下的功課？」

雷聲被他罵得一面灰，呆立。

「你把數百年歷史本校當作遊樂場？你是何種態度？」

雷聲拂一拂身上雨珠，「對不起。」

那人靜下。

這時，有助手進室，開亮燈。

雷聲看清這位史葛米教授，他一表人才，明顯是個混血兒，比想像中年輕，瞪着她的模樣似一頭鷹。

「對不起，」雷聲低聲説：「我這就走。」

她才轉身，被助手叫住。

「雷小姐，請到這邊坐下。」

還幹什麼？

「雷小姐，史葛米教授的意思是，他看過你的紀錄，三年前你才讀了三個月課程就失去影蹤，我們追查到你原住地，你的律師附來一張剪報，我們才知道你家發生悲劇，米教授不知首尾，故此動氣，我會替你解釋。」

「打擾校方不好意思，我會知難而退。」

「雷小姐，你願意從頭開始嗎，這樣，對學生有益處。」
「有空位否？」
「替你加插位置。」
「怎麼過意得去。」
「已獲米教授批准，讓你重讀管理及經濟，這是他特別批准文件。」
這——
雷聲臉上恢復些許血色。
「雷小姐，到飯堂喝杯熱飲，明天上學見你。」
助手給她一疊章程。
雷聲不住道謝。
助手看着這纖瘦華裔女子，好像大氣一吹，就能把她吹倒，這幾年她想必剛自創傷恢復過來，米教授對她太過苛責。
這時，米教授叫她。

他剛剛看清楚報告。

手中拿着那張剪報。

助手沒好氣，「米教授你會不會罵錯人。」

他不出聲。

那邊雷聲回到公寓，冷得渾身發抖。

接着三個月，她每天準時上學，放學與同學討論功課，作出合情理意見。

態度謙遜，衣着樸素，與其他學生相似，學期開始，也有人穿着時髦，駕名車上課，稍後，功課鋪天蓋地而來，不得不把生活枝葉削掉，聚合精力做正經。

課題複雜，如：希臘為何瀕臨破產、何謂絲綢之路、小本生意最佳經營方式、英國脱歐最終會否像兩敗俱傷之離婚……

讀管理科首要條件是英語寫作程度AAA，其次，需要辯才。

雷聲從沒試過如此用心做一件事。

她沒有忘記創傷，她只是用一塊黑厚布把傷口遮起，佯裝它們不存在。

一日，有同學生日，一班人選購花束，推門進花店，當眼處放着隻花籃，柄上結着絲帶，上邊寫「願來生你有錦繡年華」。

雷聲一怔，來生，這花籃會送往殯儀處，悼念一個今生坎坷的女子。

今生已結束，良辰美景，需寄望來生。

雷聲腰間如被利刃插中，暈眩，靠牆上。

這不是在說她嗎。

同學們嘰嘰喳喳選到鮮花，打算到轉角挑蛋糕，擁着她一起出門。

雷聲忙着抹淚水，不防天雨路滑，她忽然失去平衡摔倒，右邊面孔重重啪一聲着地。

同學吃驚，連忙上前扶她，她揚手表示不必，唉，面孔劇痛麻痹，視線昏暗，不過，可以爬起，總得起身，不然還成世躺馬路不成。

她不哭，也不叫。

終於慢慢起身，同學鼓掌，「派一人陪你去看醫生？」

雷聲已不會說話。

這叫屋漏兼夜雨。

一會米博士發覺她曠課，又會戴起有色眼鏡。

醫生仔細檢查她視線、雙膝、肩膀、頸項、頭殼、眼窩、牙骹，注射破傷風針。

「無大礙，稍後右邊臉會青紫與眼白充血。」

同學不放心，「可要照超聲波之類。」

「不必，無骨裂。」

「可以上課否？」

「沒問題。」

同學問雷聲：「痛嗎？」

雷聲搖頭。

第二天睡醒一看，驚住，右臉紫黑可怕，眼睛凸出，眼白血紅，部份視網膜似要脱出，她慘叫一聲。

早上有米博士課。

她嘆口氣，更衣出門，戴頂帽子，拉得很低，再加帽斗風衣。

同學見她迎上，視察後倒抽一口冷氣，都不好出聲。

雷聲坐到最後角落。

米氏進課室便説：「報告表現不理想，全班只得B級，稍遜鄰班A-，請努力求進，勿掉以輕心。」

這時看到角落雷聲，「你！進課室脱帽子是禮貌，聽見沒有。」

連同學都覺得米氏針對雷聲。

雷聲站起，想退出課室。

同學忍不住，走近，脱下雷聲帽子，燈光下米博士看到雷聲怪獸似受傷的臉。

他洩氣。

過半刻他說：「坐下，看醫生沒有？」

看樣子傷勢不重，但觸目驚心。

繼續講課，不過聲線降低。

同學們鬆口氣。

雷聲並無抗辯。

回公寓，把可怕照片傳司姐，這樣寫：還拿什麼臉見人。

司姐看到大驚，聯絡殷律師，兩人二話不說，心意相同，帶保母辦飛機票飛往英倫。

這時，米教授傳學生雷聲說話。

同學們嘀咕，「他再多話，你駁斥他。」

雷聲吁口氣，她還有力氣做這些？

進辦公室，噫，還是那麼黝黯，他不喜亮光。

「請坐。」

雷聲坐下。

這上下她面孔上紅橙黃綠青藍紫色色俱全，一隻眼睛似要滴血，她有自知之明，即刻低頭。

「這篇功課『為何個體戶 trading 對社會經濟無實質貢獻壓根兒等同賭場開大小』寫得不錯，理據清晰立場分明，言語簡賅。」

雷聲只微微頷首，「教授。」

「但你的功課夥伴，嗯，赫胥利小姐，雖與你一道，但成績差很遠，會拖低你一個等級，你可有考慮換另一位同學。」

雷聲聽後震驚，她沒想到她還會為世事嚇住，這還是高等學府，她霍地抬頭，「不。」

「這是經濟科，事事以最終利益為主，自私自利資本主義社會之本。」

「不，我們合作愉快合拍，我心甘情願與艾蓮共事。」

「學期已過三分一，你猜，如果她有同樣機會，她會否扔下你另組合夥？請自私一次。」

雷聲低聲答：「不。」

「我知道華裔數千年講的是禮義，但眼見你會為別的同學拖垮。」

雷聲答：「人各有志。」

其實，他姓米，他也有華裔血液。

米氏沒想到這瘦削女孩竟如此剛強。

往日他一提分數，學生泰半跪倒，聆聽師長安排，如此貴學費，這樣高門檻，不自私一點怎麼行。

他無話可說。

雷聲站立，頷首：「教授。」

啟門而出。

助手驚訝，「有這樣學生。」

「請赫胥利小姐來一次。」

「教授，我看不必了吧。」

「雷小姐是我所知罕有優等生，我不允許學生分數被拖低，我知這是我的虛榮，但我還得與其他教師包括諾獎經濟學得主比拼，不用學生比分數，難道用拳頭？」

他比雷聲還氣忿。

而雷聲，則鄙視史葛米教授之勢利，不是有教無類嗎，怎麼變成汰弱扶強，叫人心寒，她一言不發離開教室。

回到公寓，獨自發獃。

不久娘子軍駕到。

雷聲被她們三個阿嬸惹笑。

她們看到雷聲卻難過得說不出話。

哪裏還有當年的樣子！

還是保母機靈，立刻往唐人街採辦補品與食物。

司姐讓雷聲躺下，替她按摩臉部及全身。

「這一跤摔得不輕。」

雷聲答：「我有摔跤能力，跌倒爬起，跌倒爬起。」

司姐落淚。

殷律師打圓場，「阿司，替我也按按。」

保母來回走三趟，廚房開始熱氣騰騰，她又找到華人家具店夥計送貨，在空房打點她的歇腳處。

雷聲感動，都為她一人，非要迅速好轉，莫讓親者痛。

傍晚大伙吃臘味飯、喝清雞湯。

雷聲半邊臉用熱毛巾搗着。

四個女子都無家累，時間精力自用。

司姐哼一聲，「結婚有什麼用。」

傍晚，雷聲同學艾蓮赫胥利來訪。

她開門見山：「米教授讓我退出，我已同意。」

雷聲大怒，臉上瘀青可怕顫抖，「我會退學。」

殷師知道詳情後微笑，「雷小姐你還想退幾次學。」

「這種人怎可為人師表。」

「這種優秀人才才配為人師表，我們活在真實人吃人世界，說什麼讀書不是讀分數，我有朋友說，明年起溫哥華公立學校都立下規矩篩選學生，淘汰英語水準不合規格學子，我那朋友焦急。」

「嗄，那新移民子女往何處？」

「不知道。」

「從前不是有免費英語補助班嗎？」

「時移世易。」

艾蓮說：「教授已替我找人補習，雷聲，你放心。」還有，指着蛋撻，

「我可以帶些回家否。」

保母立即替她打包。

殷師好似極其欣賞米先生，「他這叫量才而教，理智、聰敏、公允。」

「啐。」

「什麼年紀，長相如何？」

「不想正眼看他。」

雷聲由殷師押着檢查身體。

鬆口氣，一切無恙，臉上瘀青也漸漸褪卻。

換上春裝，手臂略覺圓潤。

雷聲終於問到：「家父還好否？」

「好得不得了，什麼都不記得，但是，說起西遊記，全部細節清晰，堅持他寫足三十年才成書。」

「那多好。」

古人叫這種病為失心瘋。

「能吃能睡，專人侍候，又有充份運動。」

有可能比女兒長壽。

「你們回去吧。」

殷師說：「咄，我已報名到大英博物館讀真版大憲章。」

雷聲點頭，「只有這是他們本家文物，此刻到訪遊客已懂指着陳列品說：Give it back.」

「Give it back.」

又問：「工作不要緊嗎？」

「工作是為着賺取酬勞，以免晚年潦倒可笑，否則，做是一世，不做也一生。」

「不是為成績滿足嗎？」

「每天捱牛，有何滿足可言。」

竟說出如此灰心話，一定受英倫天無三日晴所累。

不料雷聲又看到那件夾克。

雙袖釘滿七彩徽章，驕於同儕。

雷聲走快幾步，想看清楚，不料小青年轉過頭，向她微笑，「我認識你嗎？」

哎唷，雷聲尷尬，退開幾步。

這時有嚦嚦鶯聲叫他：「安德森，安德森。」

雷聲連忙讓開。

到亭子坐下。

她嘆息，校園裏全是比她更年輕學生，趕快讀完這一年回家吧。

附近斜坡有兩個囂張男子爭辯：「把車子駛到長石級，看哪種四驅車可落樓梯。」

「菲臘與莊已經試過，日本車卡在梯級不上不下，需罰款拖車兼記過，你算了吧哈哈哈哈。」

雷聲緩緩回演講廳，一邊喃喃吟：「五陵年少金市東，銀鞍白馬度春風。落花踏盡遊何處，笑入胡姬酒肆中。」

同學看到她，都靜下，別轉面孔。

一定是知道雷聲與赫胥利小姐脫離功課合作夥伴關係，不齒她見利忘義。

雷聲也不分辯，指出自動退出的是赫小姐。

那麼，赫女會否站出澄清？不會，她樂得扮弱者，社會上，弱者永遠得分。

誰情願扮可憐弱者？那永遠不會是雷聲。

她默默做她本份。

本來不多嘴的她更加沉默。

不料第二天一早，那個神采飛揚叫安德森的少年找到課堂，「你好雷聲」，噫，仍穿着那件徽章外套。

他給她一杯咖啡，端詳她面孔，「你便是那摔跤女。」

消息傳得快捷遙遠。

他搭訕：「學校亞洲學生越來越多。」

雷聲一時不知如何應付，她已久違類此小兒女小情小趣社交攀談。

微笑一陣，她說：「我是來讀書。」

「誰不是呢。」

「我是真讀書，自幼立志要讀得管理科碩士。」

「米教授怪怪，喜折磨學生。」

雷聲想一想，清晰的說：「看，安德森，我知道你的意思，我對你也並無惡感，我看中的是你這件外套，沒有別的意思，不怕實話實說，我遭遇過一些可怕事情，已無心結交異性朋友。」

安德森訝異，這麼緊張，可見不是開玩笑。

他連忙說：「那麼，外套送給你。」他脫下夾克，搭在雷聲肩上。

「你一定花許多時間收集這些徽章吧，我不可收下。」

「別客氣，」他笑容燦爛，「原諒我冒昧，你對男性的收斂正是我欣賞之處，有轉機到經濟系找我。」

啊經濟系，雷聲好想問他當年索羅斯落重注預測英鎊會與馬克脫鉤勝利一役。

終於忍住口。

安德森瀟灑離去。

雷聲終於得到她夢寐以求的外套，衣服上還有安德森的餘溫。

這時，雷聲看到米教授站在講台。

他一定自邊門走入。

連司姐都說：「好漂亮夾克。」

雷聲問：「你幾時回家？」

「咄，你又不是英倫海關。」

司姐帶隊逛古董街，詫異「不肖後人什麼都敢取出賣錢」，但樂不思蜀的樣子。

過兩天，有同學自米教授處聽訓斥回來，把一疊書交給雷聲，「老米說你好像對索羅斯有興趣。」

啊，他知她心意，沒講出口就曉得，了不起。

同學說：「羅斯齊、索羅斯，全是猶太裔，真叫人費疑猜可是。」

雷聲微笑。

同學又說：「鍾斯與黃二人已輟學在家內車房設辦公室做私人亞洲股票賣買，甚有斬獲，快做百萬富翁。」

雷聲怔住。

「他倆的理論是：教授講師們光說不做，如果他們有膽色有能力，何必教學生，教他們自己豈非更好。」

嗄，這——

「不就是一個賭場嘛，眼光、運氣，不是學識，十萬美元讀管理科碩士，哼。」

雷聲沉默。

不過，踏入社會門檻，文憑是鎖匙，否則，門也沒有。

將來，她雷聲可以學殷律師那樣，把所有文憑鑲架框掛在牆上——給自己看。

雷聲外貌日漸恢復，天氣和暖，女生春裝出籠。

雷聲換一襲圓領裙子，一進課室，所有人轉過頭看她。

糟，過份了。

她只得硬着頭皮上完那一課。

耳畔有人問：「對索羅斯這人看法如何。」

雷聲順口回答：「不可思議如達文西般奇異天才。」

轉身看到米教授。

陽光底下他超額英軒。

凡是手中握着重要職位的男子都有工作美。

陽光下他佩戴深茶色眼鏡，視力明顯欠佳。

「他打贏兩名諾貝爾經濟獎學者的複雜必勝投資公式，何解？」

雷聲微笑，「真精彩。」

「兩名精算學者的必勝法沒考慮到人為因素，蘇聯忽然瓦解，全球經濟拖垮。」

雷聲想一想，「他倆的公式只計算十五年內資料，如果做多幾十年，可以預測到俄國因素。」

米教授忽然微笑，「我可推薦你到經濟系拿 Summa Cum Laude。」

米教授今日心情甚佳。

他這樣說：「春曉好天氣。」

雷聲忽然忍不住，在陽光底下俏皮扭兩下肩膀。

米教授一怔，這學生真是個美人兒。

雷聲伸個懶腰，「春睏。」

她訕訕走開。

走到校務處，「想查看史葛米教授履歷。」

工作人員認得她，笑道：「你都快畢業，還查他平生。」

雷聲請她喝咖啡甜圈餅，「或許，你可以告訴學生更多。」

「嗯，這是法國甜品專門店美食。」服務員想一想，「一切都在教員履歷小冊子上，他未婚，呵，或許你不知道，他患有先天性視線神經退化症，如不處理，日久或會失明。」

什麼。

雷聲退後一步，一顆心咚沉下。

「這許是他不結婚原因，怕遺傳子女。」

半晌雷聲說：「打擾你。」

輕輕走出校務處，坐石階，托着頭，噫，人生苦楚。

回公寓一開門便看到司姐與高采烈展示一件古董香奈兒外套，「我淘寶得來。」

「你幾時回家。」

「咄，我住酒店，礙你何事。」

她穿上外套，顧盼生姿，她若連這個嗜好都失去，那麼，恐怕一夜白頭。

殷師比她先走，接着，司姐也揹着戰利品歸去。

兩位女士一去，雷聲寂寞，保母留下打點生活，雷聲隨她留下。

保母這樣說：「學府這地方，確有不一樣氣質，你看，眾多學子，聚集進修學問，將來貢獻社會，靈氣所至，一草一木都清秀過人。」

哪有她說得那麼好。

那是沒上過大學的人的想法。

可是，如果沒上過大學，又不能說上大學無用。

安德森在課室門外張望。

「你快畢業，打算即時回家？」

雷聲點頭。

「大學朋友，一世朋友，請把聯絡地址電話給我。」

「你呢？」

「還有一年，將回父親公司工作。有無興趣加入我家做先鋒部隊？」

雷聲搖搖頭。

「徹底拒絕，為何？」

「我從未想過把學問用來賺取月薪。」

「真是一個奇怪的女孩。」

「安德森，這處，」指胸口，「本來是一顆心，早已叫人剜出。」

安德森微笑，「失戀罷了。」

雷聲忽然吐苦水，「不，他已不在世上。」

安德森一怔，「對不起。」

「我一覺睡倒，醒轉，已經整年，再次提起精神，嘗試社交，誰知禍不單行，遭遇槍擊，新男友知難而退，再也沒見過他。」

安德森一怔，一時沒聽清楚，劇情複雜如莎翁戲劇。

這時又有女孩叫他，「安德森——」

雷聲說：「去吧。」

「不，你講明白些。」

雷聲答：「總而言之，我已無心。」

少女已出現面前，把他拉走。

雷聲回轉課室，在桌子邊緣學名人用小刀刻字：雷聲在此讀書。

「毀壞公物，需要賠償。」

是米教授。

她抬頭，他在室內摘去墨鏡，雙目清晰，看不出病徵。

「在你畢業離開之前，我想澄清一事，我姓米，單名倉，史葛是家母姓字，她不想本姓湮沒，加在米字之前，是雙姓氏。」

雷聲明白了。

「雷小姐，我可推薦你出任職位。」

「我不想每天十個八個小時坐在一個黑角落凝視螢屏到眼盲。」

一出口便知講錯，已經來不及，恨不得掌自己嘴。

米教授不以為意。

「讀書多有趣，天天有進步，一畢業，腦筋便宣告衰退。」

「多麼奇怪想法。」

「在校長生不老，唯一與時間大神抗戰法術，便是長駐校舍。」

米氏笑出聲，「有那麼好事？」

雷聲實在忍不住，這樣問：「醫生怎麼說。」

他一怔，啊，學生也已經知道。

緩緩答：「醫生說，目前醫科技術，只能做一次手術，如果失敗，永久失明，不可造次。」

這不是欺侮人嗎。

雷聲忍不住握住教授手。

他把手輕輕掙脫，他不要小美人憐憫。

雷聲識趣，悄悄離去。

睡到半夜，有人大聲擂門，保母嚇得跳起。

門外好幾個同學，氣急敗壞，「米教授在酒吧門口與人爭女打架，受傷流血，送到急症室，雷聲，快跟我們走，遲到來不及。」

七嘴八舌，雷聲總算聽清，連忙套上大衣，與他們趕往醫院。

米氏清醒，他額角與面頰縫針，鼻孔流血，顯然同雷聲上次那樣，摔一重跤，手踭擦傷。

看護不耐煩：「看熱鬧的人請即時散去，傷者需休息。」

眾人一哄而散。

看護看牢雷聲，「你為何不走？」

雷聲人急生智，「我是未婚妻。」

「你可以多留十分鐘。」

雷聲走近。

「你怎麼來了。」

「不知何故，他們把我喚來。發生什麼事，醉酒鬧事，爭女子打架？這不像你呀，教授。」

他吁一口氣，「我沒有與誰爭，只想調解紛爭，被人一記詠春拳推倒在地。」

雷聲細看他傷口，「若是廿歲，一週痊癒，你呢，起碼兩個月。」

「謝謝你。」

「為何到酒吧買醉，為何熱鬧也不叫我。」

「同學們慶祝畢業。」

「我也畢業呀。」

這時看護進來，「未婚妻，你也好走了。」

雷聲吻一下米氏手背，「明早我再來。」

看護看牢她，「你也是他的學生吧，做男人多好，老大還有美女青睞。」

雷聲忽然淘氣，扭兩下肩膀，敞開大衣，露出美好身段。

這下子，連米氏都笑出聲。

折騰半夜，回到公寓，睡不着。

同保母說：「做一鍋稠白粥，明早去探病。」

醫生正與米教授說話，雷聲站門口靜候。

那是眼科醫生，解釋他的手術：「自後腦打洞，用幹細胞修補視線神經。」

聽着都汗毛站班，不過，雷聲本人也動過大手術，還站得住。

她閒閒走入病房，「縫針之處可照過超聲波。」

醫生調侃，「啊，未婚妻來了，只是皮外傷，不妨，你勸米倉早日做眼科手術，早做早些放下心事。」

雷聲不出聲。

「他隨時可以出院。」

雷聲讓他喝白粥。

他架上墨鏡。

雷聲幫他穿襯衫外套。

「傷口如何。」

「是有點痛。」

「傷在佈滿神經的面孔最討厭。」

「比你上次傷得重。」

雷聲忽然說：「不，沒有人比我傷得更重，我元神已經渙散，無法歸位。」

米倉一怔，不出聲。

她把老師送回宿舍，同事大半回祖家放假，怪冷清，室內堪稱四壁蕭條，除出一張安樂椅，就是書書書。

「飯堂放假，誰跟你做吃的。」

他不計較。

保母感慨，「你們這一代，吃的是草，擠的是奶。」同情得不得了。

雷母生前也人前人後表示肉痛女兒老在外頭吃漢堡，但光說不做，從不曾張羅食物讓她帶回校享用。

保母說得出做得到，天天做好飯菜給米倉，米倉最喜歡菜飯，一日，吃到油豆腐塞肉煮粉絲，感動說：「眼睛都會自動好轉。」

為着飽口福，米倉連教授尊嚴也放下，平日權威都丟下。

進入假期，校方節省開銷，把暖氣咚一聲關掉，初夏夜晚得穿毛衣。

米倉說：「本國越來越寒傖，節省冷暖氣費。」

雷聲安慰他：「百足之蟲，雖死不僵，到底華盛頓與牛頓都在貴國出生。」

米倉笑得彎腰。

她陪他覆診。

醫生向她招手，「未婚妻，過來一下。」

雷聲走近。

「你身為未婚妻，勸米倉入院做手術吧，主診醫生有九成把握，不是說推遲一天好一天，小洞不破不補，大洞叫苦，視覺神經進一步衰退，更不好做。」

雷聲輕聲說：「始終還有一成風險。」

醫生瞪眼，「做雙眼皮手術也有風險。」

「其實，我不真是他未婚妻。」

「他沒有否認。」

是的，他沒有否認。

雷聲到那種低價時髦專做少女生意的服裝店買大堆顏色鮮艷料子單薄前後開洞毫無邏輯拉拉扯扯的衫裙，也不試穿，統統搬回家。

然後，穿上有裙邊超短裙，衣不蔽體短背心，外加件鑲流蘇邊的假皮夾克，見米教授。

一路上已有男女同學吹口哨。

米氏一見，怔住，不懂說話。

雷聲自心形塑膠手袋裏取出一管黑色唇膏往嘴上抹一抹，往手指呼口氣，擦擦衣襟，「怎麼樣。」

米倉駭笑彎腰，「如此惡俗！這是無知少女穿給浪蕩少男看的衣物。」

她們的外套永遠掛下，露出一邊肩膀，扮衣衫不整不知想躺下床抑或剛起床模樣。

「還不快換回你的白襯衫與卡其褲。」

雷聲拉一拉裙裾，她學得極其周到，腿上是雙破魚網襪。

「救命。」

她坐到他身邊，「有眼睛還是好的。」

「你想說什麼。」

「米君，醫生着我勸你趁早做手術挽回視力。」

他緩緩答：「我又不是看不見。」

「醫生有專業意見，你們是同一間大學醫科同事，靠得住。」

「我並非無知婦孺。」

雷聲佯裝吃驚，「故意低貶婦女。」

「手術失敗，你願照顧我餘生？」

雷聲靠近一點，「這才是你的條件。」

「我不會連累任何人。」

這是現代人第一條座右銘：成年以後不要拖累任何人。

接着好幾天，雷聲都穿上新時裝，米君看久，竟覺趣致：閃閃生光紗裙極短，內穿緞子短褲，五六吋高跟鞋，只好避重就輕扭着走，份外妖嬈。

最嚇的是保母，「穿得這樣吃苦，給什麼人看？」

雷聲答：「我也不知道，吸引誰呢，誰會欣賞？他們喜歡走近，又怎樣？會有何結果，通街是臉上長膿瘡，心懷不軌的小男生，連自身都養不活，一不能結婚，二不能贍養，互相泡得黃腫爛熟，十年八年過去，又一批新鮮貨色湧上……為什麼不好好讀書造就自身？？？」

保母微笑，「雷小姐說得好。」

——這樣，對我不公平。

若干年前，那美籍青年如是說。

真正沒齒難忘。

雷聲輕聲說：「再用心打扮，姹紫嫣紅，都付與斷井頹垣。」

米倉剛剛聽見，惆悵，輕輕走到雷聲面前。

「未婚妻，我已與醫生商議妥入院事宜。」

雷聲鬆口氣，「可以換回白襯衫卡其褲了。」

「不，請你穿着繽紛衣衫讓我飽眼福。」

雷聲精益求精，用黑線將眼角畫成＞形，外加金色眼影。

米倉說：「看得見真好。」

進院時雷聲恢復原妝，米倉恍然若失。

他輕輕在她耳邊說：「因為不能獨處，因為至怕寂寞。」

雷聲要過片刻才明白他在回答她「女子為何浪費大量時間精力打扮」那個問題。

「男性也怕寂寞？」

「所以才為低胸衣飾及魚網襪吸引。」

「那麼，胸前應乾脆寫出『寂寞』二字。」

「我在胸前掛着寂寞牌子已有十年。」

雷聲輕輕握住他手，「為何學期開始之際狠狠罵我。」

「否則，你會注意我？」

講得多麼可憐。

米倉入院前一日，雷聲得到文憑。

成績只有B。

同學說：學生要會花式飛翔才能得到A級，大約不錯。

雷聲置一隻銀相架把那頁紙鑲起，放在桌上，打算日夜欣賞。

不過真的得到，且是憑一己之力，長年累月練成，也就沒想像中高興。

安德森給她郵件：「大功告成，可是要回家？」

她簡覆「是。」

保母特地找到茴香八角燜紅燒牛肉，香聞十里。

「我倆幾時回家？」

「你想家？」

「到底舒服些。」

「我身為未婚妻，總得照應病人。」

「那只是玩笑話，雷小姐，我不喜歡米教授的陰陽怪氣。」

保母也是為雷聲好。

雷聲答：「其實，我不會再計劃結婚。」

「更糟，伺候他白吃白喝所為何來？」

「保母你竟如此勢利。」

「怕你經不起再吃虧啊雷小姐。」

醫生忽然找「未婚妻」。

雷聲只得趕去。

醫生給她看檢查照片。

「雷小姐，我們發現米先生腦後左葉有一枚 3cm 腫瘤。」

雷聲怔住，氣餒。

「上次約六個月前檢查尚未出現，此刻摘除為時未晚。」

「告訴他沒有？」

「病人已知悉。」

「他有何反應。」

「堅持出院。」

雷聲雙手顫抖，「難怪。」

「雷小姐，兩項手術關連，你看，視線神經在此……」

雷聲氣忿，沒聽進耳裏。

「請勸米教授先做腫瘤手術。」

「打開腦袋，抑或鑽洞。」

「雷小姐，現在有先進手法，自鼻孔探入摘除，病人隔日可以出院。」

「啊，像古埃及做木乃伊般那麼先進。」

醫生不高興，「雷小姐，我們不會不盡力而為。」

雷聲苦惱，手足冰冷，坐在休息室嘆氣。

她關心米倉多過自己想像。

她心未能化為灰燼。

她長嘆一聲，走進病房。

她想對米倉說：我們且回去想想，但在門口，已聽見他對醫生說：

「……那麼，就星期三吧。」

他已決定。

兩名主診聽見腳步聲抬頭，米氏這漂亮未婚妻的微笑真能提升整間房間的氣氛。

她兩手從背後按住米倉肩膀，「決定就好。」

「雷小姐，請作出安排照顧手術後米教授。」

米氏輕輕說：「我毋須照顧，一箱即食麵足夠。」

醫生不理他，與雷聲詳解病人所需，米倉走路或會搖擺，得小心平衡，視線暫時會生紫暈，不可在日照下活動，一些患者，會怕水……

最需要親人關懷。

保母問：「他沒有父母兄弟？那些平時圍牢他嬌嗲女學生呢，為什麼要做看護？待他病痊癒後又隨人去了，這一陣子要多麻煩就多麻煩，衣食住行都得看護，看情形他又是個喜歡拿腔作勢耍性格的人，我們犯不着。」

「保母，你要是不願意，我放你有薪假期三月，你回去吧。」

「那你怎麼辦。」

「我不認識你之前，也過了一百年。」

「你攆我走。」

「我放你假。」

「那我回家等你。」

保母深信雷小姐付出那許多一定會導致失望傷心，她完全正確，所有付出都肯定得不到回報，但雷聲腦部知覺神經體細胞皮層產生的同情心指令她照應米倉，一些人毅然為陌生人捐贈器官，也是這個原委。

米倉做手術該日，醫生說：「我知會他一些同事與學生前來探訪，希望你不要介意。」

「不會。」

「手術需要四小時，你出去逛逛，他離開手術室，我立即知會你。」

「明白。」

「雷小姐，我們都愛上了你，米倉不是個易相處的人。」

「現在才告訴我。」

雷聲並不企求什麼好結果，助人使她高興，那便是報酬。

這四小時該往何處。

回到公寓，發覺保母正在準備食物，她終於不忍叫雷聲落單。

主僕二人也不講話，默默握一下手。

人或多或少總有憐憫之心，保母另外安排一名傭工專做清潔包括洗熨工作。

不用問，米先生決不會搬到雷宅，為他服務，還得來回跑。

雷聲坐在一角，看着時針與分針一刻刻過去，度時如年，她忽然微笑。

這十年有知有覺過去，時快時慢，雷聲從被人照顧到照顧人，走出一大步。

司姐催她：「該回家來了，你已經受那邊天氣影響到陰陽怪氣。」

她剛想出門為米倉辦凱絲咪運動衫褲當時裝，醫生電話到。

保母把流質食物交給她。

雷聲把衣物牌子號碼告訴保母。

保母開車送雷小姐到醫院。

沒有她怎麼行。

米倉尚未醒轉，他沉睡。雷聲隔着玻璃看他。

雙目並無紗布蒙住，頭髮剃掉一半，頭頂裝有一隻奇特拳頭大氣球狀儀器，隨呼吸漲大縮小，相當可怕。

「手術做得十分完美，不過，要待甦醒才能肯定視力。」

病人像科幻電影主角。

雷聲只得輕輕說：「醫生真偉大。」

醫生頷首。

雷聲把食物遞給他，「慰勞一下。」

醫生答：「華裔做食物真出神入化，真是一粒花生都千變萬化式式美味，這壺裏是什麼。」

「一般雞粥。」

「我不客氣了。」

醫生笑着拎食物走開。

雷聲注意到病房內已有許多花束，她竟沒想到這些細節，連忙致電花店着他們把店內所有白色花束都送上。

跟着豪氣的男友日久，雷聲也變得大方。

等候個多小時，仍不見米倉醒覺。

雷聲肚子咕咕響，坐一旁的小女孩聽到，微笑，問她：「你肚子餓，我還有半隻鬆餅，請你吃。」打開紙包，那塊剩餅像被人踩扁似，相貌難看。

雷聲一邊道謝一邊吃，「好味好味。」

人要知道感恩。

她問：「小朋友，你為何在醫院，探訪什麼人。」

「祖母病得厲害，她已七十多。」

「你很不捨得她吧。」

小女孩點點頭，「姐姐，你說，祖母是否往天堂？」

雷聲看着五六歲孩子明澄雙目，「唔，我想是。」

「將來在天堂，我會找到她？」

啊，真是難題，雷聲只得耐心回答：「我也不知如何相認，但聖經上說，一切難明之事，屆時，會像黑暗地穿過玻璃，再明白不過。」

「是嗎，那麼，世上可有聖誕老人？」

雷聲鬆口氣，這個好答：「有，在商場裏。」

旁邊有人笑。

女孩的母親把她領走。

保母到，拎一盒糕點，雷聲連忙將盒子交給女孩。

「醒了否？」

「尚未。」

「可憐。」

「病人無知無覺，倒無所謂。」
「雷小姐你擔足心事，瘦一圈。」
「不知不覺，產生感情，正在讀一篇有關人類同情心因何產生的報告，十分奇妙。」
「學識越廣越是多愁，可是真事。」
「保母你想多了。」
看護走出，「他醒轉。」
保母急問，「看得見嗎。」
她微笑，「知道我是女護。」
雷聲走進。
米倉抬起頭，目光對準未婚妻，不語。
雷聲走近握住他手。
「打擾你。」

雷聲搖頭，「沒事。」

「殘疾的我，看上去有點可怖吧。」

雷聲忽然輕輕解開襯衫紐扣，除脫右邊袖子，露出右胸，「看，」她輕輕說：「這一邊身子，被槍彈轟一個洞，由巧奪天工手術補回。」

她把他手按在乳房，「一點知覺也無，你又可會驚怖。」

米倉怔住。

雷聲套回襯衣，靜靜垂頭。

醫生進來做視力測試，看到兩人低頭傷感，「怎麼了，可是決定行禮，幾時請我們吃喜酒？」

雷聲與米倉都笑。

「米教授，春假之後，新學期開始，請你放緩腳步，溫和備課，和藹授課，休養生息，再不要像從前那般雷霆火急。」

「這個症，是會遺傳的吧？」

「已可將胚胎中有關病患因子剔除。」

「可以懷一個十全十美胎兒？」

醫生大笑，「別貪心，一步一步來。」

那天晚上，保母擔心問：「你會否結婚？」

雷聲搖頭。

她純粹幫他渡過難關。

新學年開始，他又會找到可狠狠責備的俏麗聰明女學生，吸引她注意，叫她專心努力功課。

一個女子應當知道，丈夫最危險的職業是教授。

米倉日漸痊癒。

恢復平衡，頭頂頭髮長出，不過，那一搭，比其餘更為棕色，眼角有皺紋，添些風霜，外形恐怕只有更加吸引。

雷聲說：「是離開的時候了。」

保母愕然，她以為雷小姐即使不舉行婚禮也會留一陣子，但不，雷小姐總出人意表。

保母猶疑。

雷聲這樣說：「粵人有話說在先：『得些好意需回首，切莫磨爛蓆』。」

保母低頭沉吟。

雷聲又說：「切勿身後有餘忘縮手，眼前無路思回頭。」

「雷小姐你說得似打仗。」

「每一天都是，一子錯，滿盤皆落索。」

她有後悔踏進五月花否。

倘若沒有，她不可能認識兩個她深愛男子，老父不可能在療養院舒泰講述射鵰英雄傳，她也不可能讀到想要的文憑。

雷聲穿着那件徽章外套見米倉。

米已在翻閱新學子履歷。

見到雷聲，可以說是他最得意弟子，好不高興，「你好像最喜歡這件外套」，希望她裏邊穿着短窄小背心。

雷聲坐近，輕輕撫摸他面孔，「今年，男生多還是女生多。」

「還沒看仔細。」

「米倉，我今天來向你道別。」

他每個字都清晰聽到，雙手顫抖，接着，腮肉也微微震抖，他盡量平靜回應，「啊」，聽上去像一聲嗚咽。

雷聲輕說：「希望在你學生名單上，起碼拿B級。」

他牽牽嘴角，「頂級榮譽。」

「與牽記我一百年。」

他腰間如被尖刀刺中，痛出眼淚，終於要走了，廉潔薪酬與一間宿舍沒留得住她，雷小姐仁至義盡，也許，家長催她回家發展事業，更可能，那邊有理想伴侶等候。

他說：「你還沒有把故事全部告訴我。」

「乏善足陳。」

「什麼時候動身。」

「今天、明天。」

「這麼快。」

「畢業已經三個月。」

「雷小姐，祝你前途似錦。」

「你也是，教授。」

米倉凝視她，日照在她頭頂形成一圈光環，小小天使一般，她把水果與花束處理妥當，靜靜離去。

小徑乏人修理，野草野花聚生，拂到腿上，別有風味，宿舍一邊牆角日久失修，倒塌一地，學校擔着虛名數百年，嚴重缺乏維修經費。

雷聲逛一圈，希望遇到安德森，當然沒有。想見的人可能擦肩而過，不想見的人會千里纏上門。

看到刻着她名字的桌面，她微笑撫摸。

回家了。

沒有行李，雜物隨手丟下。

殷律師派乖巧助手來接，一見便說：「恭喜雷小姐學成歸來。」

看到雷聲面色黯澹，適可而止噤聲。

走進自家公寓，嗚咽一聲，和衣倒床上睡着。

保母留助手喝杯茶。

「求學問最辛苦，不過比起賺月薪又要為將來儲蓄，又還好些。」

「可有自置公寓？」

「有呀，殷律師助我付首期，我此刻節衣縮食還債。」

「可有男友。」

年輕的她搖頭，「怕煩。」

「緣份要來總會來。」

「連雷小姐如此活色生香妙人兒都未曾找到對象。」

可不是，真難為人。

醒轉，雷聲梳洗用膳，讓保母休息。

她約司姐探殷師，慶幸尚有兩位良師益友。

雷聲到的地方，少不了糕點糖果鮮果，辦公室立刻熱鬧起來。

接着做正經事：身體檢查，處理經濟事務，以及被司姐押着置新裝，誰說不是，做人真煩真辛苦。

店內貴賓廳有一張十分舒適絲絨沙發，雷聲一見，賓至如歸，緩緩躺下，閉上雙目。

服務員嘻嘻笑，襯着普昔尼的蝴蝶夫人樂聲，枕着牡丹花香小枕，她墜入夢中，在這樣曼妙的地方，做的卻是噩夢。

開頭，她還可以聽見司姐與店長對答：「司小姐，是你妹妹吧，以前來過」，「替她挑些今季38號便服」，「她是敝店唯一不試穿客人」，「連鞋子都不試，六號半至七號半無所謂，反正是平底摩加森，鬆的話加多雙襪子」，「嗄！」

接着，墜入夢中，在鬧市找老父，碑林般密麻高聳大廈，分不出哪幢，她滿身大汗團團轉，爸！爸！

痛哭失聲，驚慌得活不下去。

司姐推她，「醒醒，醒醒。」

雷聲睜眼，服務員斟上熱茶。

她問：「完了嗎，完了可以走啦。」

音樂已經換上沙拉薩蒂的卡門。

雷聲緩緩說：「夢中我找不到老父。」

司姐化繁為簡，「一直叫你置架手機。」

她說得對。

服務員說：「請換上新外套，你身上那件已穿孔。」

雷聲說：「陪我去探老父。」

司姐看着她茫然眼神，「好好好。」

連忙叫店員打包結賬，大包小包出門。

穿着青蓮色外套的雷聲似恢復兩分神采，一路悶聲不響到療養院。

護理人員一路領進，「替雷老先生換過房間，他嫌早上陽光刺眼。」

其實，晨早陽光入室是何等喜悅之事，但老人在世上已看不到歡欣。

他在房內看書。

「當心，他見到人會吵。」

這叫人來瘋。

老人是真的老下來，臉容已勾出骷髏線條，他抬頭看雷聲，眼珠混濁。

「你來啦。」

雷聲以為他認得女兒，趨向前。

他端詳雷聲與司姐一會，搖搖頭，「也算得上好看，不過，還不如我兩個女兒。」

司姐忍不住問：「你的女兒是什麼人。」

雷老得意洋洋答：「當然是大喬與小喬。」

司姐怔住，漸覺淒涼，緩緩轉頭。

雷老揚揚手：「別阻我讀書：遙想公瑾當年，小喬初嫁了，雄姿英發……」

雷聲拉着司姐到會客室坐下。

「老先生他——」

「他自始至今活在一個私秘世界裏從沒出來過，那處適合他，他融入漫遊在著名迷人小說情節中，自有樂趣。」

司姐惶恐，「將來我會那樣嗎？」

「家父那種漫遊另一空間的神功練足五十年，你我焉有該種修為，我倆是真實世界裏孤子，老後叫苦連天，然後咚一聲倒地不起，我倆怎麼有大喬小喬般女兒。」

司姐笑得落淚，「他們都極度愛你，是因為你惹笑吧。」是有人那麼說過，有人說他十年未曾笑過，被雷聲引得天天笑幾次，所以不捨得她。

她把賣笑二字提升到另一境界。

司姐把其中一套衣服送到殷師辦公室當禮物。

「可有買妹裙。」

「花式裙子這回事，不可事先準備下，款式千變萬化，一個月就過時，穿時現買才好。」

「啊是。」

「你不怕，你穿一隻米袋就好看。」

「司姐，就算有你說得那麼好，我的花季已開至荼蘼。」

「不會，還有一段日子。」

雷聲苦笑。

「你太為男人用心，容易老。」

「沒有啦，我對男人不算好，有些女子，仆心仆命，出錢出力，終身不悔，那才叫奇怪。」

司姐說：「男女一樣，均不可吐苦水，一有怨言，什麼恩惠都報銷。」

她以身作則，從來不提男人之事。

走得筋疲力盡，到司姐家吃下點心。

她奉行少吃多餐，上午有上午點心，下午也用些點心，獨身女子，她算過得舒適，兩名女傭作伴，不養寵物，「臭得要死，又兇」，也不領養孩童，「捐款往宣明會是正經」，都想通了。

過往的姐妹淘也會到訪，一些得意，有些失意，各有遭遇運程，司姐的經驗與忠告：「萬萬不能碰毒品。」

還有：「你與我年紀差一大截，你與同齡女子玩耍約會比較好，免變得老氣。」

即嫌棄雷聲。

雷聲哈哈笑。

不是不有點淒涼的。

夏季正式來臨，潮濕悶納，走一步路出半身汗。

花園有一株大榕樹，園工曾忠告除去怕颱風來時它會倒向屋頂，雷聲拒絕，她見過黑色小松鼠在樹幹跳來跳去，夏季一到，蟬出土，長鳴悅耳，不過保母嫌聒噪，可見一人一樣。

據説這蟬，蛹埋地下二三十年不動，一旦出土，只活一個夏季，天地萬物，好不納罕。

雷聲想找工作。

她看報上聘人廣告，都會最繁華之際，西報聘人廣告足足六十頁，此刻也不差，有心工作，一定找到工作。

——利生投資行誠意聘請私人助理一名協助副總監工作，性別不拘，年齡二十五至三十五，學歷包括——剛與雷聲配對。

她沉吟，所有辦公室職員，少不免起早落夜，見人笑容滿臉，是是是，應得面肉發硬，要做到不卑不亢，談何容易。

好處是有個地方可去，有事要做，每日起身，有個目的。

她與殷師商量。

「試一試也好，以你聰明，沒有應付不了的事，以前你也做過補習，據說是個精英。」

「我此刻有履歷。」

「那不過是叩門工具，進得大廳，還得靠機智。」

「好像也不容易。」

「何種薪酬。」

「二萬至二萬八。」

殷師倒抽一口冷氣，「我只知道MBA已不值錢，沒想到如此爛賤。」

「無所謂啦，賺些經驗，聽說美政府已禁止華爾街投行只付車馬費，許多連月薪也無。」

利生人事部看過雷聲履歷給她一個時間地點面試。

那天天陰。

保母開車送她，車水馬龍，塞足一小時。

保母不敢作聲。

看樣子來回都得她接送，她不介意，可是車程，連上班那八小時，薪酬比她還低。

到達利生大廈門口，她對雷聲說：「面試完畢之前三十分鐘叫我來接。」

雷聲點頭。

一進會議室，已有衣冠楚楚二男一女年輕人在等候，都比她早，都已經成為朋友。

接待員微笑說：「請隨便用茶點。」招呼周到。

那三人朝雷聲說早。

雷聲低頭微笑回應，不去看他們。

諸人一身打扮，已不止一份月薪。

他們輕聲交談，口中盡是名牌：哈佛、麻省、塔斯肯尼、巴黎、賓利、落陽道、灣邊……

總監遲到，足足遲四十五分鐘才召見第一位應徵者，那年輕女子欣然進內。

其餘三個繼續等。

那位小姐進去良久，足足大半小時才出來，臉色不怎麼好看，一語不發，離開會議室。

「追上問她說過些什麼。」

「那不公平。」
「你不問我問。」
一個男生站起，秘書進入阻止，「請稍候勿躁。」
另一人訕笑。
雷聲不出聲，這眾生相已經叫她疲乏。
一個接一個，唱了名字進去，灰頭灰腦出來，莫非是叫他們穿泳衣上班。
雷聲坐得腰骨發痠。
她順手取閱利生機構年報消磨時間，編者與撰寫員都是深入簡出高手，她看得津津有味。
兩個多小時過去。
終於叫她：「雷小姐。」
雷聲站立。

「雷小姐，對不起，總管有要事，已離開公司，今午未能見你，向你致歉，明早十時第一個見你好嗎。」

雷聲傻眼，她已經輪候半天。

「這裏是一張餐券及來回車資，抱歉。」

雷聲啼笑皆非。

秘書送她出去。

雷聲在門口與保母聯絡。

保母氣忿，「未見官已打三十板，這間公司不是東西，我看算了。」

「我也這樣想。」

一到樓下，吸口氣，只見滂沱大雨中車貼車，一大排人站大廈前等街車家車，沒開步腳已淋濕。

天色一黑，人心會慌，站她身邊的女子都在抱怨嘆氣，怎麼了，像行軍逃難似，不過一場雨而已，總算叫避世屋內的雷聲長了眼界。

忽然一輛車剎停，濺起髒水，前排路人閃避，碰撞到雷聲，她手中文件散落，彎腰去拾，又叫人推一下，那些人爭搶上空車，踏過她文件不顧，差些把雷聲的手背踏扁。

雷聲吃驚，後退，失去平衡，坐倒在污地，一輩子沒如此狼狽，她真想哭，可是一轉念，忍不住抬頭大笑，原來過去那十年她運交華蓋，損失的所謂自尊比起今日面試的經歷，簡直不值一哂。

原來一切是她的誤解，原來社會每一角落都需爬着起步。

剎那間她暢快笑得不能停止，連眼淚都流下，索性坐在地上。

路人只向她投去一眼，當她是瘋婆子。

雷聲同自己說：終歸是要站起來的吧。

不料那一刻有人在背後沉聲說：「我扶你一把。」大力把她自濕地拉起。

誰，誰拔刀相助。

雷聲借力渾身濕漉漉站起，「謝謝。」

她連臉都髒。

「這位小姐，請上我車。」

雷聲猶疑。

這時，停在附近黑色車子司機也下車，「此處不能久停。」

「那麼，請駛到前面法院避車處，有人接我。」她打電話給保母。

司機大赦似駛走車子。

車廂內一片靜寂，車窗外行人仍在頓足咒罵。

雷聲靦腆說：「謝謝。」與剛才狂笑樣子恍若二人。

「不客氣。」

他把一條披肩搭在陌生女子背上。

雷聲觸手輕軟，知道那是好料子，披肩有隱約梔子花香氣，想必另外有女子也曾用過。

她垂頭不出聲。

司機能幹，左穿右插，很快抵達避車處，一眼看到有輛車開亮大燈等人，「小姐，接你的人到啦」，鬆口氣。

司機下車打傘，那邊車也有人下車，忽忽走近，正是擔足心事的保母。她沒聲價向司機道謝，司機讓雷聲上車，保母忽忙間抓一些東西，「小哥，給你」，司機以為是錢，剛想推卻，低頭一看，卻是兩塊糖，樂意收下。

他看着保母把車駛走。

他回到自家車上，拆開一塊糖，也不知是什麼，放進嘴裏，嚐到滋味，忍都忍不住「嗯」地一聲。

他東家問：「吃什麼那麼好滋味。」

「孫先生，你也嚐嚐，這正是我們遍尋不獲的蘇州豆酥糖！」

什麼，那孫先生拆開紙包把糖放嘴中，對，對，正是幼時在外婆家吃過的豆酥糖，這些年踏破鐵鞋無覓處，得來全不費工夫。

他開亮燈看包裝紙，上面行書寫着「憶故鄉」三字，咄，怪不得在網頁找不到，原來一個糖字也無。

「孫先生，那位小姐與我們是同鄉。」

孫先生怔一會，「開車吧。」

回到家猶自齒頰留香。

進門，發覺鞋底黏着一張紙，取起一看，發覺是張履歷表，這是剛才那女子散落地下的紙張，以為全部拾起，卻有漏網之魚跟回家。

紙張抬頭寫，「利生投資洋行」，噫，這正是他孫家公司，那女子，難道往利生求職？

大雨，塞車，他呆坐車廂，看到路旁人群爭先恐後，把一年輕女子撞開，他心想，該女子不懂弱肉強食之道，用手肘反攻不就行了，只見她退後一步，被另外一人推倒在地，唷，倒地就完結，敵人會乘機撲上，只見那狼狽女子就快哭泣，但，沒有，她仰頭，大笑。

孫君看得發獃。

一定要幫助這勇敢女子，他衝動不顧一切推開車門走到她面前，把她拉起，一邊拾地上髒濕紙張……

這時，雷聲也到家。

保母嘆氣，「一場雨而已，像暴動。」

雷聲連忙淋熱水浴，裹着大毛巾喝熱湯。

「那駕黑色賓利的男人是誰。」

雷聲如夢初醒，「誰？」

保母沒好氣，「陌陌生生上別人車，你不知危險？」

「那時形勢險峻，那車猶如救生艇。」

雷聲陷入沉思，半晌才說：「我真白癡，以為自己還能做街頭戰士。」

「根本是，好端端面什麼試，不聽老人言，吃虧在眼前，就算錄取你，你難道還需要那職位，搶去另一年輕人生計，也是不公平。」

這時雷聲累到極點，倒向床上。

半夜醒轉，坐着看太陽升起，天空一片橘紅，艷麗之極，這顆恒星還有二億年生命。

準九時，她致電利生人事部，說明不再出現，放棄面試機會。

回不了頭，她不是孫悟空，無可能再變身做白領。

她輕輕把文憑、那件夾克，全部收着抽屜，凡是世物，求時甚苦，既而得之，很快也就丟到腦後。

她自己做早餐：孖腸、雙蛋、克戟，飽餐一頓。

保母買菜回來，「今日包餃子。」

孫先生比她們更早。

還沒坐下，便宣人事部主管來見。

主管惶恐，解釋來龍去脈，把昨日負責安排的秘書叫出。

孫氏面色陰沉，低聲問秘書：「把人叫來，坐着呆等，幾小時後，叫她走，改期再見，如此呼之即來，揮之即去，是利生行的作風？」

秘書想說她不過是聽差辦事，可是老闆在氣頭上，不宜分辯。

「這次是誰應徵助手？」

「廖經理。」

「人呢。」

「昨午她趕着往上海開會。」

「分明是時間調排上欠缺管理，此風不可長。」孫先生吩咐人事部：「你出條子勸喻廖女士。」

「是，是。」

「那位雷小姐，今朝面試，由誰主持。」

「雷聲小姐九時來電，取消約會。」

孫氏皺眉，「利生行可能損失一名人才。」

「人事部試試再與她約時間。」

「不必，你們繼續做事。」

孫又把自家助手喚入。

「這個牌子豆酥糖，買一大箱。」

助手到外邊打聽：「為誰發那麼大脾氣，少見，他一向算是好好先生。」

沒人敢答。

孫看着複印履歷表上姓名地址良久不出聲。

昨夜，靠着黯澹街燈，他看到那女子秀美畫中人般側臉。

他書房裏有兩張上世紀二十年代新藝術畫家阿方斯莫查所作美女招貼，畫中人側面，與那雷小姐相似。

他一向以為那只是藝術誇張，沒想到真有其人。

他失笑。

也太好色了。

下一步該怎麼走。

看她地址學歷，家中小康，畢業後想貢獻社會，不料吃一鼻子灰。

幸虧天生樂觀，他喜歡陽光性格的人，一下子站起，並不愁戀困境……

助手進來，「聯絡到雷小姐，她説，另有高就，不打算進利生。」

孫氏面色由難看變得悶納。

為着一個來應徵的女孩煩那麼久，噫，她是何等身份，奇怪。

那邊，保母放下電話，報告：「利生投行又來找你。」

「我的夢已做醒，發覺凡事不可強求，過去十年，我並不吃虧，我還是做回自己的好。」

「那是什麼？」

「名媛，本市起碼三十萬名。」

一場大雨淋醒一個糊塗女。

保母取出披肩，「這名貴維孔那駝羊毛不是我們的。」

嗯，不方便送回去，人家會以為是借傘那齣戲，藉此製造機會。

「擱着吧。」

過一日，有人按鈴，保母去看，啊，是那個小青年司機，笑嘻嘻。

「是找我們小姐嗎？」

「找你呢阿姨，那豆酥糖我們也買到，前來還你一盒。」

保母意外，這小子説着不十分道地吳儂軟語，已經算是難得。

「謝謝你。」

「雷小姐沒淋着吧。」

「在外留學也吃過苦，沒事。」

「那我走了。」

「勞駕你等等，有一樣東西麻煩你帶回。」

保母取出披肩交給小青年。

孫先生問他：「可有請你喝杯茶？」

「沒有，只在玄關站一會。」

「室內什麼樣子。」

「好不奇怪，只得一張龐大桌子，沒有沙發，也不見其他，近窗彷彿是一張墊子，不知是否是床。」

孫先生一怔。

「我帶回披肩，可是仍然放車廂。」

「你沒見到雷小姐。」

「不見人影。」

當然，想見她，可以直接約會，但，他已不是十八廿二，貿貿然「喂出來一下，想看仔細你，說說話，吃個飯。」

孫的母親大人找他：「豆酥糖十分美味。」

「同外婆家相似。」

「到底有點差別，不過已經滿意。」

「送一盒給殷表姑。」

「我立即叫司機做妥。」

「孫佳我兒，你得親自恭敬送上。」

「是是是，明白。」

他暗地叫苦，這一來一回加上說些虛偽應酬話大概就是整個下午，他辦公桌上不知多少文件要讀。

這孫佳有女友嗎。

有，沒有。

即使是一小時內約人，他也做得到，但，這是女友嗎，大抵不是。

他不知道，他思慕的女子，第二天一早，正坐在他表姑辦公室。

「雷聲，連你都愁眉苦臉，天下一半女性活不下去。」

雷聲有新發現，「殷師，你知『金剛』故事？最近我有的是時間，把四集金剛電影自默片到先進電子特技都看一遍。」

「有何心得，可是金剛真可憐。」

「那個漂泊的歌舞雜技女郎，從一個男人身邊走到另一個，最終只有金剛待她真心。」

殷師沒好氣，「你再鬧下去不是辦法。」

這時，外邊一陣笑聲。

秘書推門進內，「殷師，孫先生來了。」

殷律師也高興，「孫姪，稀客，貴人踏賤地，有何貴幹，我介紹一個人給你認識。」

那孫佳走進，與雷聲打個照臉，兩人都呆住，啊，避不過就是避不過：她驀然站在他面前，活生生，並非做夢。

孫佳笑容凝結，心中忽有淒涼感覺。

站他對面的雷聲也怔住，這殷律師彷彿認識本市一半以上人口，實屬交遊廣闊。

不知何故，她也沒有招呼，反而微微別轉面孔，看着窗外。

看樣子躲不過了。真奇怪，他們都是有身份男子，一表人才好相貌，卻並無女伴，照說，如此獨身男子已經罕見，雷聲都不費吹灰之力遇見。

但是，歷史告訴她，均無善果。

殷師介紹他倆，「相請不如偶遇，孫佳，請女士吃飯，我這表姪，吃喝玩樂穩居第一把交椅。」

孫佳尷尬，「表姑你倚老賣老。」

「對，你今日來幹什麼？」

「家母着我送糖。」

「糖呢。」

早被女職員分着吃光。

殷師發覺雷聲與孫佳平日能說會道的二人異常沉默，她訝異，為何拘謹。

尤其是雷聲，臉色煞白，彷彿見到不願見的人。

而孫佳呢，以為雷小姐不開口是因為上次跌落泥地實在尷尬。

終於，雷聲略為鬆弛，輕輕說：「真沒想到孫先生是殷師親眷。」

殷師答：「我一共廿二名姪與甥，均英俊能幹。」

雷聲連忙說：「家族優秀遺傳。」

孫佳這才定下心看仔細雷聲——小小雪白面孔，烏黑頭髮束腦後，西裝外套，長褲平鞋，衣飾普通得不能再一般，可是卻顯露獨特性格氣質。

他目不轉睛，雷聲忽然抬頭，他又忙不迭避開。

殷師看在眼內，嘆口氣。

她看時間，「我約了人，得先走一步。」

雷聲說：「我也是。」

孫佳的電話響過多次被他關熄，想是公司找。

他站起，「我送雷小姐。」

殷師沒好氣，「那姑奶奶我呢。」

不料孫佳握着她手，「姑奶奶你只得自己走回去。」

雷聲笑出聲。

殷師推開他大步踏走，被雷聲拉住，「殷師，我送，坐我車。」

孫佳又跟上，三人拉扯。

結果雷小姐車小坐不下，孫家小司機駛近大車。

孫佳忽然握住雷聲手，認真說：「你不必無故避我，我不會放你走。」

雷聲受驚，求救眼光看向殷律師。

殷律師連忙回答：「金剛，把他當金剛。」

雷聲一聽，忍不住，仰起面孔，哈哈大笑。

殷師也自覺前所未有刻薄，跟着大笑。

就是這笑！

孫佳就是嚮往這種豁出去不管一切先笑了再說自得其樂不然還等什麼拯救般笑，笑得不似有下一刻，旁若無人，不枉活着。

不可能在第二個女子身上找到的笑臉。

他跟着暢快笑。

年輕司機雖不知他們笑什麼，但也忍不住牽動嘴巴。

笑得橫膈膜發痛，殷師終於停下。

她問：「你們還有節目嗎？」

「我想回家休息。」

這是很長的一天。

雷聲睡在床上，轉個身，嘴角仍有笑意。

不知恁地，只有異性引起的笑，才算真正的笑。

第二早，正喝白粥，保母聽電話。

「雷小姐，療養院找。」

雷聲連忙接聽。

「雷小姐，雷先生走失。」

「什麼叫走失。」

「他私自離開本院，我們查看過安全錄影，他一小時前獨自走出大門，不知所終。」

雷聲發獃。

過一會說：「我馬上來。」

她相當鎮定。

趕到療養院，警方已在查問：「他身上可有身份證明項鏈或手鐲」、「可有攜帶雜物金錢」、「平時可有說過想去什麼地方」……

雷聲一片空白。

他可是回老家。

他住過的地方均已出售，這早晚恐怕已拆卸重建。

雷聲與保母兩個婦人四手實在不知如何尋人，她把從前地址寫給警方，可是執筆才忘記街名門牌，香雲路，不，不，宜雲路……不復記憶，手中亦無任何單據，啊，多麼善忘，忘記最好。

向殷師求救，她與助手很快到達。

「越快找到越好，病人需定期服藥。」

雷聲呆坐。

殷師手中有雷老過去資料，連他曾經服務過報館也一併報上。

警方派員出動尋人。

律師行助理斥責療養院：「——也太不小心！」

殷師阻止，「這不是問責時刻。」

在錄影中看到，雷老靜靜走出療養院大門，姿態相當輕鬆，並不在意走往何處，或是回來與否。

雷聲一直不出聲。

已經盡了力，或是超過盡了力，也就不必講什麼。

殷師說：「我們回去吧，警方會緊貼聯絡。」

沒想到孫佳會出來陪她。

「我曉得獨處。」

「殷姑說別讓你一個人。」

「我有地方可去。」

「你不諳逛街喝茶。」

「那也沒有什麼不好。」

孫佳見她尚能會話，也放下一半心。

這時都會又大得不能再大，四通八達交通工具，真不知一個老人遊蕩到何處。

假使找不到，也就找不到。

全市醫院找遍，舊居都已拆卸，公園、報館，一班新人根本不認識他，也不見有老人出沒。

天色漸暗。

大家面面相覷，神智正常的人一定還有諸多瑣事需要應付，不可能無止無休尋人。

雷聲伏在桌上眠一會。

忽然被電話鈴驚醒，跳起，可是室內靜寂一片，哪裏有聲音。

她嘆口氣，苦得不堪。

又聽見電話響，這次聽明了，待它響多幾次，才決定取起聽。

「雷聲，找到了，找到了。」

雷聲渾身鬆下，像那種留堂終於等到家長來接小學生，哭出聲。

「孫佳車子在樓下等，快到警局。」

她洗把臉奔出門，被孫先生抱住。

保母追出，「好了好了。」

雷聲看一看時間，凌晨二時。

「在何處找到。」

「中文報館找遍，我忽然想到英文報館。」

雷老從未在英文報館工作，可是，他一向嚮往英文報館報酬及環境：「與外國通訊社來往有文化，他們徵求照片光是閱覽不適合用也付酬勞，懂得什麼叫知識產權。」

在警局看到雷老。

「爸，爸。」

雷老在喝熱茶，抬頭，居然認得，「女兒你來了，唷，阿張也終於出現，再好沒有，他們把我帶到這裏，又是什麼地方。」

「爸。」

雷老失蹤這十多小時，渾身污漬，褲子拉鏈都沒拉上，一臉髒，毫不自覺。

警員告訴雷聲：「他在英文報館出現，一口英語，叫員工努力工作，要求看大樣，推倒電腦，剛好警員尋到該處。」

殷師說：「快回療養院。」

雷聲說：「不——」

殷師沉聲：「你想接他回家？」

這時，救護人員出現。

雷老忽然失禁。

雷聲噤聲。

老人被抬走，一邊還叫嚷：「阿張阿張，照顧我。」

孫佳忍不住問：「阿張是什麼人？」

雷聲沒有回答，與他無關，與任何人無關。

她已整日沒有梳洗，身子快發出異味，她同護理人員說幾句，回家清潔。

殷律師說：「療養院百般致歉，應允廿四小時派人守雷老房外防止意外，你怎麼想，可要換一間院所。」

雷聲頹然坐下，「我很倦，沒意見。」

「那麼，且按兵不動。」

雷聲想先回家，但雙腿拒絕郁動，她合上眼，吁口氣，叫上天別再折騰她，就這樣讓她去吧。

她睡着了。

仰着頭，張大嘴，像幼兒。

孫佳替她蓋一件外套。

殷師看表姪一眼，「喜歡？」

他點點頭，把初次邂逅的情況說一遍。

殷師怔住，真有緣份。

照說，那機會率少於百萬分之一，或是等於零。

但他還是遇見了她。

第二天，雷老沒事人似坐着閱報，一邊喝營養奶，一邊口沫橫飛發表言論。

他又不再認得女兒，但看牢雷聲一會，生氣，大聲說：「要換換樓！你有沒有，有錢就拿出來！」

沒事了。

果然，醫生也這麼說：「如無意外，可活到九十。」

這不是開玩笑是什麼。

門外，有守護員工，也不打算轉院。

殷師與司姐喝茶，這樣說：「父母是雷聲的枷鎖。」

司姐點頭，「以為到了盡頭，誰知又活下來。」

「雷老活得有趣，只管對他一人有利的事。」

「可憐的雷聲。」

「也許，是名字太凶一點。」

其實雷聲就坐在一邊，一聲不響，吃巧克力冰淇淋。

「雷聲什麼歲數了。」

「廿九可是。」

「這個年紀，特別想結婚，是個關口。」

雷聲想，我例外。

「孫佳是否擺明白追求你。」

那得問孫佳本人。

茶座路過的人不論男女都會自然看雷聲一眼。

快三十歲，雷聲想，終於老下來。

「雷聲總吸引某一撮男子：成熟、有地位、慷慨、大方，並且英軒。」

「只有那樣的男子，才自覺可以接受挑戰吧。」

雷聲微笑，「是在說我嗎？」

司姐微笑，「羨慕你。」

雷聲不響。

「好好，別說這些了，帶一客黑森林給保母，她愛吃那個。」

這時孫氏秘書出現，「孫先生說十分鐘後一定到。」
她捧着電腦板，雷聲瞄一下「噫」一聲。
秘書連忙蹲到她身邊，「雷小姐有何高見？」
「司機在外邊守候？」
「是。」
她叫兩客一甜一鹹點心與一杯熱茶送出給他。
「雷小姐贈幾句。」
「月但凡盈則虧。」
「可是我在三萬點賣出，翌日它又漲到三萬一，不服帖再買進，又上升三百二，氣數。」
「得些好意需回首。」
「可是，那怎麼賺得大錢。」
雷聲忽然笑，「我根本就不是賺大錢的人。」

秘書看着電腦上不住跳躍數目字，不知聽明白沒有。

「孫先生來了。」

秘書去忙她的事。

司姐說：「我是本市絕少不玩股票的人。」

「你一定有炒樓。」

「我名下房產，有些已廿多年歷史，從不賣出。」

「守財奴。」

「可不就是。」

「看到新發財不眼紅？」

「做事做人看結局。」

孫佳說：「我來接雷聲吃晚飯。」

雷聲詫異，「我沒應允。」

「家常便飯，不怕。」

「我沒怕，為什麼要怕。」

殷師緩緩說：「可是見家長？早了些。」

雷聲說：「聽殷師講。」

「家母已問過好幾次，說是我喜歡的人她也喜歡。」孫佳以為這話是定心針。

雷聲笑，「那即是說本來不喜歡，但礙着兒子不得不喜歡。」

「雷聲你不像如此多心的人。」

司姐站立，「你們談家事，我另外有約會，先走一步。」

殷師嘆口氣，「孫佳，不要強人所難。」

孫佳憋一口氣。

雷聲也站起，「我到那邊櫥窗看東西，你倆談好家事喚我。」

殷師對孫佳說：「好好一個女朋友，非要把她逼成聽話的附屬品，接着改造成為你心目中賢妻良母，孫佳，你會失去她。」

孫佳勉強笑，「姑姑多慮。」

殷師嘆息，伸手招雷聲，「好好茶局被不識相的人破壞掉。」

雷聲看着孫佳，「真是連我們門縫子裏一點點高興也非要掃得一乾二淨。」

殷師拍拍雷聲肩膀道別。

雷聲輕輕說：「我回家換件衣服便往你家吃飯。」

孫佳喜出望外，只有點擔心，不好再出爾反爾，「我不會再強你所難。」

雷聲換上一襲灰紫色軟緞袍子，戴上那頂小小鑽冠，仍穿芭蕾式平跟鞋。

孫佳讚：「漂亮得咚一聲。」

一臉笑，帶女友見家長。

原來孫家住得近，同一條路，走都走得到。

一家子正坐會客室說話，炖肘子的肉香味關都關不住，一副家和民安的樣子。

介紹之際雷聲微微鞠躬。

孫氏兩老客氣微笑問好，一時沒有問及雷聲年齡籍貫，父母兄弟學歷工作以及其他瑣事。

孫有兩個姐姐，閒談間把雷聲的汗毛都數了一遍，大姐問：「雷小姐在什麼地方修眉，形狀自然美觀。」

雷聲答：「我從來不修眉毛。」

她半信半疑。

坐下吃飯，一味清炒蝦仁十分美味，雷聲吃得較多。

孫小姐們節食只喝半碗湯。

飯後雷聲陪孫老喝一點拔蘭地，分析一下股市，孫老相當高興。

孫太太說：「有空多來坐。」

大小姐說：「一起打網球。」

孫家是中上人家，毋須大富大貴，生活豐盈，兩老通情達理，兩位小姐也不見得如何刁鑽，她倆各有家庭子女。

見過面，孫佳舒服，彷彿雷聲身上已蓋上一個孫氏印章。

把合照給司姐看，司姐微笑。

「怎麼，看出什麼？」

「這孫老先生是五月花老客戶。」

喲。

「他沒有見過你，他喜歡年紀比較大成熟女伴，談談心聊聊天，真當女朋友，此刻往哪家就不知道，見過家長，有何打算？」

「孫家團團圓圓，整整齊齊，一派祥和，十分難得，感染他們喜氣，相當愉快。」

「可憐的雷聲。」

「那孫佳年紀不小，可結過婚。」

「你比孫家兩老厲害。」
「你不想知道？」
雷聲搖頭。
司姐終於忍不住，找人打聽一下。
結過兩次婚！
與她們和平分手，付大筆贍養費，關係不差，不過沒有子女。
司姐並無把消息轉告雷聲，她要處理，她會做得很好。
「為什麼離婚？」
「女朋友不絕。」
孫佳有趣。
一日，雷家水管漏水，他看到，「喲」一聲，「不好修，快搬一個家。」
那樣，把雷聲搬到另一住宅區，大窗戶，一片海景，碧藍像是走入客廳，心曠神怡。

這時，雷聲已有若干物業，她知道她已正式升格，不需做甚麼，純當名媛就好。

孫佳這男子，是她第幾號男友？

這樣吧，粗略算一算，約是第十號？

還來得及嗎。

孫佳告訴她：「我準備好角落兩邊大窗辦公室，職位是利生投資科襄理，請你來坐。」

做了女友還要做職員，慘過結婚，雷聲搖頭。

「你不像是願意閒着的人，讀回文憑不用，一下子生銹。」

「我在讀能量動力律法，第一條律理：能量不需創造，亦不會消滅……」

孫佳沒法子，只得苦笑。

「不是說再也不會勉強我做什麼嗎。」

「怕你無聊。」

「我將加入兒童醫院編織班，為早生兒編織細小帽子及毯子。」

「大材小用。」

無才可去補青天。

那邊，孫家母女談論雷聲。

「人是真漂亮，任何男子擁有如此標致女伴，都會驕傲。」

「學歷上佳，你們姐妹都比不上她。」

「家裏幹哪行。」

「父親是報館主編，文化人，近年身體欠佳，住療養院。」

「不知可結過兩次婚。」

「孫佳也離離合合，別做丈八燈台，淨照見人家，照不見自己。」

「母親真寬容，不過，我打探過，雷小姐沒結過婚。」

「孫佳好像很喜歡她。」

「那種傾心，看了叫人噁心，好不肉麻，小心翼翼，含嘴怕化了，捧手心怕碰到，目不轉睛凝視她，簡直有淒涼感覺，前所未見，怕是認真。」

「記得他第一次結婚，連理髮都不去，撥到耳後算數。」

「一號與二號妻子寵壞他。」

「一晃眼四十整歲，尚無子女，幸虧雷小姐還年輕。」

「她肯嫁他否？」

「別小覷孫佳。」

母女越說越沉重，孫媽改變題材：「雷小姐小小鑽冠真漂亮。」

「我猜是飾物。」

又沉默下來。

話中主角到了，一進門便斟威士忌加大塊冰，坐着患得患失不出聲。

姐姐笑他，「中年孫佳的煩惱。」

孫佳問：「有什麼意見？」

「爸說，雷小姐好看得炫目。」

「爸一向喜歡女子雪白肌膚。」

「可是要着手辦婚禮。」

「我是想，殷姑勸不宜操之過急。」

「她還在物色中？」

「我猜她怕約束。」

孫姐說：「新一代女子想法不一樣。」

「順其自然。」

孫佳嘆氣，「再等下去，我怕失卻生殖能力。」

母女大笑，「孫佳，你也有今日。」

「母親不是收着一枚寶石戒指，一號二號媳婦都不給。」

「給了收不回。」

「我有一個女友，與丈夫分手，婆婆要求歸還一塊玉石。」

「什麼人家！太好笑了。」

「我女友二話不說即時雙手奉還那塊不起眼東西。」

「只能夠那樣做。」

二姐訝異，「送給女伴的東西，可以討還嗎。」

大家嗟嘆。

孫母把寶石指環取出交給孫佳，「我也希望抱孫兒，一團粉似嬰兒有奇異魅力，哭笑都可愛，叫人無法抑止想緊緊擁在懷中欲望。」

「兩位姐姐，快快再生幾名。」

孫佳到殷姑辦公室才把首飾盒子打開。

兩人都嗯一聲，孫佳顯然也沒見過該枚寶石。

寶石指甲大小呈長方形切成圓錐狀，奇異碧藍。

殷師說：「這是一顆藍鑽石，切割叫 Sugar Loaf，十分罕見。」

她檢查刻字，「呵，鐵芬妮。」

「母親一直收着不放。」

「你要當心，家傳之物，送出容易收回難。」

「雷聲不是那種女子，她與我若鬧翻，第一件事是把我所贈之物擲回。」

殷律師沉吟一番，「你講得對。」

另外，有一枚差不多大小粉紅鑽石，收在她夾萬裏動也沒動過。

「最怕她不肯收。」

殷律師苦笑，世上奇事多。

孫佳是雷聲的金剛嗎。

這一天孫家注定有事。

難得風和日麗，利生行職員都份外起勁精神奕奕工作，午餐時分，商量到何處吃頓好的。

這時，大門打開，一個年輕人笑着快步踏進，「大家好，我是安德森，佳哥在嗎？」

女職員朝這英俊大男孩注目。

秘書認得，連忙迎上，「安德森，孫先生不是約你晚上見嗎？」

「我心急，趕來啦。」

「他正開會，半小時就好，你到私人休息室等一下，是否剛下飛機，要什麼請儘管說。」

「燒鵝飯與絲襪奶茶，叫多幾客，大家一起吃。」

「明白，立刻辦。」

人，就是這樣被寵壞。

孫佳辦公室側有間休息室，長沙發可以供他疲倦時打個盹，年輕人最熟悉不過。

秘書給他一壺咖啡，「先喝着。」

安德森把外衣脱下，唉，十多小時長途飛機，連衣服都充滿倦紋，皺得可以，他把鞋子也除下，撲倒沙發，如果世上有什麼地方可以自由自在放鬆一下，那就是他佳哥跟前。

他喝了香滑咖啡，環顧四周。

噫，休息室多了許多照相框子，約莫十多廿隻，圍着沙發擺放。

誰的照片？

粗略一看，彷彿都是同一個女子。

嘩，真沒想到佳哥也會着魔，休息室多年從沒放過什麼人的照片，把女友玉照放得四圍都是！不是少年人作為嗎，安德森笑出聲，連他都不會那麼做。

多麼幼稚。

不禁把銀相架取起細看。

安德森怔住。

那是張生活照，相中人垂頭看書，不自覺被孫佳拍攝，並沒有放得很大，不過巴掌大小，但安德森一眼認出，主角正是他不同系同學雷聲。

是雷聲。

怎麼會是雷聲，他這次回家刻意要找的人。

他急促檢查其他照片，不錯，均是同一人，恐怕連她本人都不知這許多照片被攝下放在一個男子休息室。

佳哥，與她什麼關係？

安德森手心忽然冒汗。

這時秘書笑着把食物捧進，「快吃快吃。」

這時，安德森肚子又不餓了。

他指着照片問：「這是誰？」

秘書吁口氣，「女朋友哇。」

「你可見過真人？」

「這位小姐不一樣，從不上辦公室探頭探腦騷擾別人上班，也不來電話，十分斯文。」

安德森吸口氣，「他倆到什麼地步呢？」

秘書微笑，「你說呢？」

出去了。

安德森頹然坐下，忽然心酸，風流倜儻的佳哥，數十年縱橫四海，每次全身而退，快成為都會傳奇，今日，遇到剋星。

這雷聲。

休息室門打開，孫佳哈哈聲進入，「安德森你取經歸來？善哉善哉。」

兩人擁抱，孫佳大力拍打他背脊。

「佳哥可是要帶我尋歡作樂。」

孫佳靜下，「我已改變作風。」

「不是打算成家立室吧。」

「還沒那麼快，容後再說，怎樣，拜見過爸媽沒有？」

「見過母親大人，父親在哥爾夫球場。」

「今晚與他們吃飯，我介紹雷聲給你認識。」

安德森說：「哥，我認識雷小姐。」

孫佳緩緩轉過頭。

「雷小姐是我不同系同學，功課極佳，校內相當著名。」

孫佳笑，「原來如此。」

「不過，不算相熟。」這是真話。

「吃完燒鵝回我公寓好好梳洗休息，晚上為你洗塵。」

這時孫佳做了一件奇怪的事，他取起照相架子，輕輕用手指撫一下相中人面頰，又再放下，忙他的去了。

他已把一顆心掛在袖上。

安德森發獃。

他低頭自褲袋取出皮夾子，自夾層中取出一張小照，那也是在雷聲不注意時用電話拍攝的相片，一直珍藏。

這一年來他每個月都若不經意問候，詳述生活細節，最後加一句：思念。

雷聲周到禮貌，簡單回覆：「尚未找到工作」之類，沒想到被佳哥捷足先登。

他怔怔回到公寓休息，好幾次用冷水敷面。

孫佳找到雷聲。

「今晚合家歡聚，連兩個姐姐都帶着孩子一起，我弟弟學成回來將加入利生工作。」

雷聲訝異，輕聲問：「你弟弟？」

「啊，因為情況比較複雜，所以一直未與你說起，其實，並非親生兄弟。」

這麼奇怪。

「家父，呃，年輕時有一女友。」

是同父異母弟。

「那女子帶着三歲孩子一起，他便是安德森。」

咦，沒有血緣關係。

「女子大約在三年後罹病辭世，託付孫家照顧孩子，安德森一直在孫家長大。我十五歲便被送出寄宿，安德森卻留到十七，全家都喜歡他乖巧伶俐、聰敏勤學，不提他身世。他幼時，家母曾說最怕憑空冒出一個生父，硬要把他討還，幸虧這件事沒有發生，因怕生出不必要麻煩，這孩子成年前孫家很少張揚。」

雷聲靜靜聽故事。

「他說他認識你，是你同學。」

雷聲一怔，有這樣的事？

「他叫安德森。」

雷聲不由得睜大眼睛，嗄，安德森。

「今晚你又可以見到他了。」

沒想到安德森有那樣身世，可是，認識他那麼久，雷聲並無看到他些微陰影、半絲不愉快，或是怨天尤人，怪上一代不周到。

真是個陽光好孩子。

孫氏，也確是罕見好家庭。

長年包涵、容忍、大方、愛護一個毫無關係的孩子，尤其是孫佳，把他當兄弟一般。

雷聲在該剎那對孫家改觀，徹底敬佩。

開頭以為孫佳不過是個打遍天下無敵手的獵女好手，不料他有如此仁慈之心。

雷聲不相信安德森是個百分百好相處孩子，這十多廿年非得努力相互磨合。

她感動握住孫佳的手。

「噫，怎麼了。」

這是一頭好人家，值得嚴謹考慮。

雷聲打扮赴宴。

她極少出場面衣裳，事前已向司姐借用。

旗袍略寬，穿上舒服。

孫佳喝彩，「有這麼好看的衣裳。」

那是件月白色緞子軟領旗袍，別致之處在下半截繡滿同色鮮活錦鯉，魚身只微微點出一些灰與紅。

雷聲笑說：「謝謝。」

什麼首飾不用戴。

到達孫家，雷聲態度明顯與上次不一樣，她的恭敬收斂打心底裏發出，連傭人都覺得不同，他們反應也親切起來。

大廳有幼兒跑來跑去，是兩個姐姐的孩子。

雷聲目光尋找安德森。

果然，有年輕人自書房出來。

雷聲連忙迫上幾步，輕輕喚名。

這一切，都看在孫佳眼內，到底是同窗，雷聲對人對事一向淡淡，很少見到主動。

安德森看到雷聲，眼前一亮，隨即有點鼻酸，「許久不見。」

「別來無恙乎？可有帶着女朋友一起回來。」

「雷聲你此刻説話口氣怎麼像長輩。」

這一切，也看在孫佳眼內。

兩個姐姐讓安德森坐中間，親切自然問他幾時進利生，完全像自家兄弟，忙着夾菜給他，調侃她女友不斷。

雷聲沒有説話，她太佩服這家人，幼兒索性坐在安德森膝上，指指點點，要求吃這吃那。

孩兒無禁忌，忽然轉移陣地到雷聲膝蓋，要吃炒雞丁，吃完手指髒，順手揩在襟上。

孫老輕輕說：「別揩髒阿姨衣衫。」

雷聲一進門，他便看到這件袍子，呵，好不熟悉，真像他當年自蘇州帶回的一塊料子，送給女友製成旗袍，女友只穿過一次，他永誌不忘，今晚在雷聲身上見到，毫無疑問就是那一件，孫老意外發獃。

雷聲與那名女子什麼關係？

他與她都已退休，世界一切事都與他們無關，一定要處之泰然，漸漸他思潮平復，直至外孫把旗袍襟當抹手布。

只見雷聲毫不為意，一件衣服不過是一件衣服。

孫家諸人也對她增加好感。

孫老邀請雷聲喝一點拔蘭地，孫太太說：「安德森不許喝。」一點不見外。

喝完酒，兩位姐姐帶着孩子先走。
孫老退到書房與孫佳說話。
安德森輕輕說：「雷聲我想念你。」
雷聲答：「我也是。」
安德森停一停，「下週我便回利生跟佳哥學習。」
「祝你前途似錦。」
「米教授他身體已經完全復原，聽說授課時變本加厲兇狠，但仍然座無虛席。」
雷聲微笑。
他略有抱怨，「一年不見，你彷彿大了十年。」
「你也是，安德森，腳踏實地，踏入社會。」
「聽佳哥意思，你倆快要結婚。」
雷聲淨笑不答。

這時孫佳走出，「爸媽要休息，安德森，這段日子，你住我公寓。」

「方便嗎。」

「咄，這是什麼意思。」

他拉着兄弟走。

緞子旗袍襟一隻小小五指手印，雷聲看着莞爾。

孫佳把下巴枕在她肩上，「不如結婚吧，否則讓安德森爬頭，可真失禮。」

「他可有帶女友回來？」

「他滑不留手。」

「是跟大哥學的吧。」

「你對我不滿，這是妒的表現？」

雷聲本來會笑得彎腰，但她對他已經改觀，她溫柔撫他面孔。

他們準備搬到較大新家。

雷聲一人佔三房，一間臥室，另一間畫室，還有一間空房，裏邊只有一張仿明太師椅，叫沉思室，有什麼氣忿不平的事，坐裏頭靜靜抱怨別人，因為世上所有謬誤，必定都屬於他人，再也不會與自身有關。

孫佳住在另一層，沒有書房：公文，決不挪到家中，一副朕已倦勤模樣。

只差註冊。

已經是第三次，孫家亦樂得低調，一聽孫佳說：「照常過日子，我倆不喜鋪張」，長輩安樂。

司姐說：「終於結婚了。」

「三十歲左右女子特別想結婚。」

「孩子呢。」

「不必眾生皆苦。」

「孫家會同意你這說法嗎？」

「孫氏是一家文明寬容的好人。」

「殷律師可是做保人，她是孫家親戚。」

雷聲不出聲微微笑，誰能保證白頭偕老。

「這一刻你是愛他的。」

「我一向覺得男性漂亮英偉，羨慕他們勇敢有擔待，又夠蠢，不會傷春悲秋，生活中沒有男伴，彷彿白活。」

司姐哼一聲笑：「那是因為你運氣上佳，從沒碰到下作專門要挾利用女性的男人。」

雷聲答：「你忘記我有一個荒謬的老父。」

司姐嘆氣，「世上有兩件事最淒涼：老父逼女兒要錢，兒子撬老娘棺材本。」

雷聲不語。

「不說這個，雷姓名媛，別忘記提出生活所需。」

「生活最重要是與孫佳出雙入對。」

雷聲那樣高興，司姐忽然覺得腦後一股冷意。

保母與她收拾衣服雜物搬往新居。

雷聲說：「真意外，竟有如此多身外物。」

「算是好的了，有些女子，一雙腳三百雙鞋子。」

雷聲笑。

雖然這樣講，也掏出三大袋送往慈善機關。

「這，還要不要，像是少年人穿的夾克。」

哎呀，這是那件釘徽章的夾克，雷聲忙不迭說，「要，千萬留下，這是一件貴重紀念品。」

「雷小姐真誇張。」

門鈴響，保母笑，「又是孫先生，半日不見，如隔三秋。」

孫佳笑嘻嘻走進，剛想擁抱雷聲，忽然看到她手臂掛着的外套。

他怔住，也不喝茶，看仔細外套袖子上徽章脫口問：「這件衣服，你從何處得來？」

雷聲一怔，他顯然認得外套，本想藉詞推卻：「朋友忘記在這裏」，「同學所送」，但心知孫佳聰明，她支吾不語。

「你看這是梵蒂岡限量版絲織徽章，不易得到，另外這個是畢加索為中國設計的和平鴿，都屬罕見，領上是美太空署標誌……」

雷聲不知道還有這許多學問，更答不上話。

「說，這件衣服是否屬於安德森。」

呵一定是孫佳見安德森穿過。

「是，安德森贈我。」

未料孫佳的臉色轉為陰沉。

「外套原本屬於我，我在馬利蘭州讀書時頗花了一點心思置下，安德森自小學初就十分喜歡，每年生日都向我要，終於帶着它往英倫升學，他珍惜這件衣服，怎麼貿貿然送給你？」

他額角冒汗，聲量增大。

保母一看情況不對，連忙走出調解：「姑爺，我買到你喜歡的牛肩肉，紅燜可好。」

但孫佳沒聽進耳，「說，你與安德森是什麼關係！」

雷聲耳邊嗡嗡響。

終於吵起來，沒想到是為一件衣服。

她輕輕回答：「那是讀書時的事，那時我還沒知道世上有孫佳這個人存在，我毋須向你解釋，況且，我最恨抱怨或解說，但，為着叫你釋疑，我不得不破例，我與安德森，純是同學，總共見面不超過十次。」

這時，臉色慘白的雷聲不知為什麼，緊緊抓着衣服不放。

孫佳知道說過頭，他這樣開脫：「你要知道，安德森永遠是孫家一分子。」

雷聲答：「我明白，我永遠擺脫不了嫌疑，那麼，我退出好了。」

保母頓足，「雷小姐！」

「你說什麼？」

「你現在可以走了，我明天搬走，房子還你。」

「雷聲，不要說明天會後悔的話。」

雷聲忽然倦到抬不起頭，「你請回，公司不知多忙，你卻在這裏與女人吵架。」

她打開大門送孫佳。

孫佳沒法下台，只得嗒然離去。

雷聲剛想關門，兩個少女向她打招呼：「姐姐，你家可有酸乳酪，借一些用。」

保母叫她們等一等。

她倆看到雷聲手裏衣服，「咦，花花綠綠補釘，現在流行小丑衣裳？你去化裝舞會？」

一件兩個成年人爭吵起端的衣裳，於旁人眼中，是個笑話。

雷聲發獃，呆站門口不動，一言點醒夢中人，發什麼癡，念念不忘一件死物，人家先天所有，她後天也要有，不惜工本苦苦追求。

「謝謝姐姐。」

她們拿着酸乳酪走開。

保母說：「我打電話請孫先生回轉。」

雷聲搖頭，「不用。」

「一點小誤會，雷小姐，恕我提醒，蘇州過後無船搭。」

雷聲想一想，「我乘飛機。」

她心灰意冷，當晚搬進酒店。

保母說：「這一點芝麻綠豆——」

孫佳眼裏揉不下半粒沙子，他認為只要安德森一日在他面前，他就無法安眠。

安德森童年經過那麼多，青年道路剛剛康莊，她不能影響他。

她把那件多事的衣服包好，讓保母送回安德森。

她去探老父，只有安老院是烏托邦。

雷老看到她，「阿張呢，許久不見阿張。」

雷老似是而非的言語，像某些神壇的高明深奧指示，有時，還真會讓聽者得益。

他說：「你的臉色為何難看，唉，勿要不高興，你已走過多少路，見過多少人，應知世上無稱心如意的人與事，開心時多講幾句，不高興調轉頭就走，不必折騰，那人能有多好？外頭好的人多着呢，世界多大：沙漠、草原、冰川、崇山峻嶺、大海大江……你說是不是。」

「是，是。」

「咦，同你說了這麼多，還不知你姓名。」

雷聲握着老父的手，「是，是。」

殷師知道雷聲決定與孫佳分手，至為震驚，把這一對叫到辦公室，一時不知說什麼才好。

孫佳喪氣低頭，苦苦央求，雷聲只是不理。

不一會，安德森也來到。

小子神采飛揚，根本不知發生大事。

殷師說：「已經在牧師處訂好時間——」

雷聲答：「取消。」

安德森這才知道事態嚴重，坐一角不出聲。

不知把他也叫來有什麼事。

孫佳對兄弟說：「安德森，你下週一到上海分公司實習，那是一個十分重要職位，好好地幹。」

雷聲一聽，知道無可挽救，他不信任雷聲，也不信任安德森，非要把他刺配到外地，離得遠遠，他已決定築起一道牆。

雷聲吁出一口氣。

雷聲知道，她與孫佳必須分手，否則，安德森永遠不能回到孫家。

如果她願意離開，那麼日久，孫佳或許會忘記不快之事，重新接納這個兄弟。

這時，孫佳轉過頭，「安德森，老老實實，坦坦白白告訴我，你可愛慕雷聲。」

安德森一怔，但忽然提起勇氣，「當年在校內……是，我愛慕她，沒有男生不喜歡她。」

孫佳鐵青面孔，「你可以回去準備行李北上。」

安德森出人意表，過去與雷聲擁抱一下，「對不起。」

雷聲點點頭。

她轉頭與殷律師說：「我也回去收拾一下準備離去。」

孫佳頓足，「你去何處？」

「多年來在男人身邊做陪襯，我也得開始自由生活，像到孟買學彈釋他，聽說光是調校弦線就得學十年，或是循着當年阿歷山大大帝足跡，走遍歐亞……天下那麼大，走膩了，人類或許已可以到火星旅行……再見，孫先生。」

孫佳氣得雙眼通紅。

殷律師噤聲。

雷聲離開律師事務所，天又忽然下雨。

她在十字路口過馬路。

是，就是在鬧市這個路口，當年年少春衫窄，她看到那個年輕人，穿着釘滿各國七彩徽章的夾克，神氣活現，叫她觀賞得虛榮心理爆發，勢必也要達到目的。

真是無聊。

她嘆口氣，不知往哪一方向走。

這時，有人打起一把傘，「小姐，大雨，讓我遮你。」

雷聲嚇一跳，以為是安德森，轉過頭，卻不是他。

安德森當知好歹，當然決定赴滬專心任職。

那是另外一個年輕人。

「不，我不需要。」

他微笑，「你且拿着傘，這是我名片，你用完還我。」

他把傘留下，轉身，冒着雨走開，走到不遠處，轉頭看一看雷聲，像是不相信會遇見那樣漂亮女生，又像看她有無追上。

雷聲只是呆呆站着。

雨水落在臉上，比眼淚還像眼淚。

書名　第十一號羅蜜歐　作者　亦舒

出版　天地圖書有限公司
香港皇后大道東109-115號
智群商業中心十五字樓
電話：2528 3671　傳真：2865 2609

香港灣仔莊士敦道三十號地庫／一樓（門市部）
電話：2865 0708　傳真：2861 1541

設計及插圖　Untitled Workshop

印刷　亨泰印刷有限公司
柴灣利眾街27號德景工業大廈十字樓
電話：2896 3687　傳真：2558 1902

發行　香港聯合書刊物流有限公司
香港新界大埔汀麗路36號
中華商務印刷大廈3字樓
電話：2150 2100　傳真：2407 3062

出版日期　二〇一九年一月／初版・香港